Great
Life
in Little Jokes

小笑话
大人生

《故事会》编辑部 编

 上海文艺出版社　上海故事会文化传媒有限公司

图书在版编目（CIP）数据

小笑话 大人生：金色笑话／《故事会》编辑部编
. —— 上海：上海文艺出版社，2022
ISBN 978-7-5321-8492-7

Ⅰ . ①小… Ⅱ . ①故… Ⅲ . ①笑话－作品集－世界
Ⅳ . ① I17

中国版本图书馆 CIP 数据核字 (2022) 第 168943 号

小笑话 大人生：金色笑话

著　　者：《故事会》编辑部编

主　　编：夏一鸣

副 主 编：高　健

编辑成员：蔡美凤　胡捷　吴艳　杨怡君

责任编辑：蔡美凤　吴　艳

装帧设计：周艳梅

图文制作：费红莲

责任督印：张　凯

出　　版：上海文艺出版社

出　　品：上海故事会文化传媒有限公司

　　　　　(201101 上海市闵行区号景路159弄A座3楼　www.storychina.cn)

发　　行：北京中版国际教育技术装备有限公司

印　　刷：天津旭丰源印刷有限公司

开　　本：787毫米x1092毫米　1/32　印张4

版　　次：2022年10月第1版　2022年10月第1次印刷

I S B N：978-7-5321-8492-7/I.6700

定　　价：22.00元

想看更多精彩故事？
扫码下载故事会APP

上海故事会文化传媒有限公司 出品（00096）

如发现本书有质量问题，请与印刷厂质量科联系 T：022-82573686

是它,让平淡的生活多了一种味道

美国的一家咨询机构曾经做过一次别出心裁的调查:"你身边什么样的人最受欢迎?"本以为对于这个问题的回答定会丰富多彩、千奇百怪,统计结果却出现了惊人的一致性:懂得幽默、富有幽默感的人是最受欢迎的。人们都喜欢与幽默的人一起工作、共同生活,幽默成了智慧、魅力、风度、修养等高贵品质的代名词。

对于幽默的内涵,一位博友曾有过非常精辟的描述:所谓幽默是智者在洞悉人情冷暖之后,传达出的一种认识独特、角度别致、形式上喜闻乐见的信息,从而引起众人会心一笑的过程。可见,幽默是一种乐观的人生态度、机智的思维方式、轻松的心态和宽容的胸怀。

　　一位外国作家曾经提及这样一个故事：如果人群中有一个危险分子，而你不知道他是谁，那么请你讲一个笑话，有正常反应及有幽默感的人大体是好人。可见幽默已经成为衡量人生的重要标准。只有欣赏幽默的人，才能细细品味多彩的生活，悉心感受美丽的人生。

　　幽默的力量还可以化解生活中的尴尬场面，使人轻松摆脱不快的情绪，更好地树立形象，增加人格魅力和亲和力。一次，美国总统林肯与一位朋友边走边交谈，当他们走至回廊时，一队等候总统检阅的士兵齐声欢呼起来，但那位朋友并没有及时离开，军官不得不走上前来提醒，这位朋友因为自己的失礼涨红了脸，但林肯立即微笑着对他的朋友说："先生，你要知道也许他们还分辨不清谁是总统呢！"总统这样一句简单的话语，就完全消除了朋友的不安，很快缓和了当时的氛围。

　　幽默虽不能决定人们的衣食住行，但已经成为生活中必要的调味品和润滑剂。它可以使人们和周围的环境更融洽，让人们始终保持轻松愉快的心情，让平凡的生活充满欢笑。

因此作家王蒙才会如此迷恋幽默,他说:"我喜欢幽默。我希望多一点幽默。从容才能幽默,平等待人才能幽默,超脱才能幽默,游刃有余才能幽默,聪明透彻才能幽默。"幽默倡导了一种全新的快乐理念和生活风尚。

《故事会》杂志多年来一直为广大读者奉献最为精彩的小幽默小笑话,其中所包含的机智的风格、幽默的情趣和达观的态度长久以来影响与感染了一批又一批读者。我们的编辑从这个幽默宝库中,经过前期的选题策划、中期的分类归总、后期的修改雕琢,精挑细选出了上千个笑话精品,于是才产生了这套极具特色的作品集。可以说这套笑话丛书是当之无愧的幽默精品,它凝聚了《故事会》编辑部的所有编辑的智慧与辛劳。

此套丛书以笑话为载体,讲述了人生百态,幽默诙谐,令你忍俊不禁,让读者在轻松幽默的氛围中品味人生、领悟真理。该丛书最大的亮点在于强化了色彩元素,12本书按照内容的定位,每本都有自己的色调。

懂生活才懂幽默,懂幽默才能更好地品味生活。希望这套笑话丛书能够带给广大读者一种全新的幽默体验,营造一种特别的幽默氛围,唤醒我们的幽默潜能,自娱自乐自赏自识,快慰从容地去品味幽默,享受生活。

编者

2022 年 7 月

1. 摩登老者

一家公司老总开着新买的敞篷车,见车就超,好不风光。

突然间,一老者骑摩托车飞驰而过,还回头问:"你骑过摩托车吗?"

老总大怒,心想:我骑摩托车的时候,你还在骑自行车呢。于是一踩油门追上去,老者又回头问:"你骑过摩托吗?"然后继续飞驰而去。

这时,老总更怒。大踩油门,紧追不舍。在一个拐弯处,终于看到老者摔倒在地,于是停车上前,有些幸灾乐祸地问道:"摩托好玩吗?"老者呻吟道:"我只想问问刹车在什么地方?"

2. 正在减肥

老李在豪华的饭店订了两个位子,给六十岁的妻子过生日。

在浪漫的烛光下享用完丰盛的牛排大餐后,侍者端上了精致的生日蛋糕。

老李问他的妻子:"亲爱的,要怎么切呢?切成两块,还是四块?"

"两块吧,"妻子说,"我正在减肥,四块我怕吃不完。"

3. 同行

一个老乞丐在别墅前面乞讨。

别墅的女主人——一位美丽的少妇正闲得无聊,于是就给了老乞丐 10 元钱,并且问道:"你每天干些什么?"

老乞丐答道:"每天都一样,夫人。早上我先化装,把自己打扮得更老更可怜。"

"然后呢?"

"向人讨钱。"这时老乞丐出于好奇,反问道,"夫人,您每天做些什么呢?"

"我……每天也差不多一样,先去做美容,把自己装扮得更年轻漂亮。"

"然后呢?"

"去找情夫要生活费。"

"噢,"老乞丐明白了,他把那 10 元钱又还给了少妇,"夫人,我不能收您的钱。"

"为什么?"妇人疑惑地问道。

"因为干咱们这行有个规矩:不能拿同行的钱。"老乞丐回答。

4. 效率太低

两个不同国籍的老友碰在一起,谈论起各自国家邮政部门低下的工作效率,都愤愤不已。

尼克说:"举个例子你就会明白我为什么要发这么多牢骚

了。当年,我的女友大学毕业后返回家乡,没多久我就给她写了封信,正式向她求爱。而她因为迟迟收不到信,以为我变了心,一气之下嫁给了一个她并不喜欢的人!"

约翰忙说:"老兄,比起我,你还算幸运。当年,我初恋的女友随父母搬到了另一座城市,我忍受不了相思之苦,便给她寄去了一封火辣辣的情书。而她在接到这封信的当天,就毅然抛下自己的丈夫和两个需要照料的外孙赶来与我相会……"

5. 这有什么

一位农村老大爷扛着根竹竿进城,人一挤,竹竿滑了下来,正好打在了一个人的身上。

旁边有人惊呼道:"你的胆子真大,竹竿竟打在我们处长身上!"

老大爷笑道:"这有什么!我进京时,竹竿也这么轻轻一滑,一下子碰到了三个处长!"

6. 肯定不会再婚

一对七十多岁的老夫妻,夏夜里坐在公园的长椅上聊天。

"你爱我吗?"妻子握住了丈夫的手问。

"这是什么话?我当然爱你。"

"假如我死了,你会怎么样?"

"我会悲痛得发疯。"

"你会再讨个老婆吗？"

"肯定不会，我还不至于疯到那个程度。"

7. 画像

一位画家正为一青年妇女画像，两老汉在画家身旁停下了。

"两年前，有个画家为我的女儿画像，"一个老头儿说道，"到现在他还没把这像画好。"

"这还没什么，"另一个老人说，"30 年前，咱们城里的一位优秀画家就开始给我老婆画像。"

"怎么了？"

"直到现在，我既没拿回画像，又没见到老婆。"

8. 一起去

一个女人哭丧着脸向丈夫诉说："刚才，我碰到旧时的邻居钟斯太太，我问她丈夫好，却不知道钟斯先生已经在上周去世。

"她说'他不在了'。我还以为他又出门旅行了，我就说……"

"你说了一些什么？"丈夫追问，"你说的可是'不在的好'？"

"比这还糟糕，我说的是：'你为什么没跟他一起去？'"

9. 前卫派画家

皮埃尔是群集在巴黎蒙马特尔的肖像画家之一,以前卫派画家自居。

有一次,他在塞纳河畔办了一个画展,把自己的作品都张挂起来。

有个老妇人从旁边走过,见了他的画,说:"哎哟,这画可真有味。眼睛朝那边,鼻孔冲向天,嘴是三角形的呢!"

皮埃尔对老妇人得意地说:"欢迎你来参观,太太,这正是我描绘的现代呀!"

"哦——那太好了!小伙子,你结婚了吗?我把长得和这画像几乎一模一样的女儿嫁给你好吗?"

10. 爷孙对话

小孙子在花坛边玩耍,见爷爷拿着放大镜在花卉前仔细寻找什么,便好奇地问:"爷爷,你在找什么呀?"

爷爷说:"在找虫子呀,如果花的叶子被虫子吃掉了,花就要枯死啦。"

小孙子挺聪明地说:"爷爷,别捉了,等虫子长大了再捉吧,那时你就不用这么费力地用放大镜了。"

11. 越老越好

一个七十多岁的老光棍很有钱,他看上了一个妙龄女郎,想娶她为妻,可又怕报了真实年龄,对方嫌自己老,便向一个懂心理学的年轻人请教。

年轻人对他说:"你这样有钱,年龄报得越高越好,你就说自己已经八十多岁了,而且多病。"

12. 特效药

有个情场失意的青年向一位贤哲请教:"老人家,您知道有什么特效药可以治'一见钟情'?"

"当然知道。"贤哲答道,"就是必须仔细看第二次。"

13. 疑问

一位老太太见一个小女孩在大声啼哭,便哄她:"不要哭。多哭,漂亮的脸蛋会变丑的。"

女孩一听,立刻止住哭声,怔怔地望着老太太,然后问:"你小时候是不是很爱哭?"

14. 乡下父亲

儿子阿狗在城里做生意赚了大钱,就给乡下的老父亲装了部电话。

有一天老父亲想儿子了,就给儿子家打了一个电话,接电话的是儿媳妇。

儿媳妇问:"怎么声音这么小啊!"

老父亲答道:"我是背对着话筒同你说话的,刚才吃了许多大蒜,怕你闻到。这样吧,你还是把电话给阿狗听。"

15. 两种生活

父亲刚把儿子臭骂了一顿。

儿子听罢,生气地说:"爸爸,您干吗这样恶狠狠训我?要知道,您在我这个年纪,不也抽了第一根烟,离开了父母的家,结婚,生孩子?……为什么我就不能做同样的事?"

"你尽管做好了,"父亲叹了口气,"问题在于,你别把这些事情倒过来做呀!"

16. 企盼

老两口庆贺结婚20周年。

丈夫问妻子:"你想让我送你一份什么样的礼物呢?"

"20年了……"妻子叹道,"我只想看一眼你悄悄积攒的私房钱。"

17. 计价

一对夫妇正在饭馆吃饭。

丈夫随口问侍者："一杯酒多少钱？"侍者说了价钱。

丈夫听了忍不住又问："怎么一杯酒这么贵？"

"本店惯例是：一杯酒按一瓶收费。"

太太一听，顿时面无血色，惊叫一声。

丈夫忙问："你怎么了？"

"我刚吃了一块鲸鱼肉！"妻子回答。

18. 称呼的变化

一天，大李去一个老朋友家做客。

大李关心地问那朋友："你从一线退到二线后，感到变化最大的是什么？"

那朋友摇了摇头，感叹地说："感到变化最大的是称呼。以前，人人叫我'张老'；现在，都叫我'老张'了。"

19. 马桶的威力

1944 年夏天，英国遭受空袭时，一所公寓被炮弹击中。

硝烟散尽，救护队从厕所的残砖碎瓦中挖出了一个老头，老头哈哈大笑地告诉大家："我一拉抽水马桶，这房子就倒了。"

20. 老人与小天使

巴克老爹坐在公园里的长木靠椅上养神。有个小孩站在他旁边,一直不走。

巴克很纳闷,他问:"小天使,你为什么老站在这里?"

小孩说:"这长椅刚刷过油漆,我想看看你站起来以后是什么样子。"

21. 推迟行动

克里姆林宫,勃列日涅夫拿起电话拨通埃及总统府的电话:"我是勃列日涅夫,我要和萨达特总统的遗孀讲话!"

"遗孀?萨达特总统可一直都活着呀?"电话另一端传来惊讶的声音。

老勃放下电话,冲身旁的克格勃头子大喊:"混蛋!为什么把原定的行动时间推迟了?"

22. 配件厂

某镇有一汽车配件厂,因厂牌长期未换,"件"字失了偏旁成了"牛"字,这厂成了"汽车配牛厂"。

一老汉路过此处,笑道:"用汽车和牛交配,起码能生台拖拉机。"

另一老汉说:"老哥,你弄错了。这是眼下时兴的促销手段:

买一辆汽车,搭配一头牛!"

23. 红灯

　　县城里新近拓宽了马路。在十字路口,李老汉赶的马车闯了红灯,交警过来向他敬礼,并收取罚款。

　　李老汉问:"要什么钱?"

　　交警答道:"您的马车撞上了红灯。"

　　李老汉撇撇嘴:"别胡扯了,红灯在哪里?"

　　交警用手向路边柱子上一指。

　　李老汉一看,理直气壮地说:"红灯挂得那么高,我的马车怎么能撞上呢?"

24. 受宠若惊

　　两个老头在街上相遇。

　　"这几个星期,你上哪去了?"

　　"在监狱里。"

　　"你坐牢?怎么回事?"

　　"是这样的,几个星期前,我正站在街角,一个漂亮小姐带着一名警察朝我冲过来说:'警官,就是他,就是他攻击我。'当时我觉得受宠若惊,便承认了。"

25. 因祸得福

布朗老人的听力越来越差了,他走到经理面前吞吞吐吐地说:"经理先生,我感到自己不久就会被解雇,因为我知道将再也听不清顾客对我说些什么了?"

"胡说!我正要调你到意见台去。"经理说。

26. 来吃饭的

老李去餐厅吃饭,突然内急,不料在餐厅里到处找不到洗手间,忙问服务员。

服务员说:"从这里出大门往右走有一个公厕,是和我们餐厅联营的,不会再收费。"

老李问:"那他不让我进去怎么办?"

服务员说:"你就说你是来吃饭的。"

27. 第三只眼

奶奶横眉竖眼地在骂孙女小丽:"小丽,你昏了头,咋个伤风败俗地穿起露肚脐的短衣到处跑,你不怕招惹坏心眼的啊!"

小丽满不在乎地说:"奶奶,您老人家别嚷,我这是第三只眼看世界,清醒着呢!"

28. 专有名词

安妮的母亲虽年近七旬,对新事物仍充满好奇,不愿意落伍。

她有一本笔记,专门记录一些新鲜而又生硬的专有名词,比如 MBA 是工商管理硕士。

一天,安妮偶尔翻看母亲的笔记,惊讶地发现笔记本上NBA 旁边竟写着:篮球管理硕士。

29. 担忧

爷爷上了老年大学。

孙女担忧地问:"爷爷,你这么大岁数了还上学呀?"

"这叫活到老学到老。"

孙女说:"我在想,如果老师要开家长会,你让谁去呢?"

30. 幽默爱情

阿刚的女友对他说,她的父母极力反对他们的事,因为嫌他是个穷工人,没出息。女友是哭泣着离他而去的。

阿刚一气之下,辞职下海,折腾了两年,赚了不少钱。

有一天,阿刚突然萌生了报复的念头。于是穿戴笔挺,提上礼品,按响了昔日女友家的门铃。

一番客套之后,阿刚开始吹嘘自己如何有钱,最后以刻薄的语气说:"当初二老若是同意了我们的婚事,也许现在我依然是个穷光蛋,所以今天特意来谢谢你们。"

阿刚正暗自得意,二位老人却愕然:"你们谈过恋爱?她怎么从来没说过?"

31. 贪心母亲

女儿25岁,到了谈婚论嫁的年龄。

一天,她把男友带回家。

母亲说:"你要和我女儿结婚,必须拿出二万五千元的彩礼钱。"

准姑爷问:"为什么要那么多呢?"

母亲回答:"我养了她25年,每年按一千元计算,这已经很便宜了。"

准姑爷说:"那好吧,你再养她25年,她50岁时出嫁,你就可以多得二万五千元彩礼钱了。"

32. 新婚夫妻过年

一对新婚夫妻,第一次一起共度新年。丈夫整天坐在电视机前看摔跤和拳击,不与新娘说一句话。

新娘百无聊赖,对丈夫说:"我回娘家去。"

新娘赌气回到娘家,只见父亲一个人在家看电视,电视节目也是摔跤和拳击。

新娘问："爸,我妈上哪儿去了?"

父亲头也不抬:"回你姥姥家去了。"

33. 所谓圣人

一位老翁在客人面前介绍他三个儿子。

他说大儿子是"上等人",因为他怕老婆;二儿子是"中等人",因为他敬老婆;三儿子是"下等人",因为他打老婆。

客人忍不住问老翁属于哪一等人。

老翁说他是圣人,因为他上中下全来。

34. 话说过节

李老和王老闲来无事就聊到了"岁月不饶人"的话题:"回想起小的时候,过得最快乐的就是儿童节了。"

"嗯,再过 10 年就是青年节了。"

"嗯,再过 10 年就是父亲节了。"

"嗯,再过 10 年就是老人节了。"

"嗯,再过 10 年就是……"

"清明节。"

35. 尽孝心

邻居老张很羡慕老李家有两个能干的儿子。

一天,老张对老李说道:"你真有福气,两个儿子都出息当官了,你辛辛苦苦把他们拉扯大,总算没白养一场。这荒山沟你住了一辈子,何不去两个儿子家玩玩,也开开眼界?"

"他们俩都记着我呢,大儿子请我去县城玩,二儿子请我去省城玩。"老李笑得合不拢嘴。

"那你为什么还不去?"老张问。

老李突然哀叹道:"唉,大儿子住省城,二儿子住县城,你让我怎么去?"

36. 伤心

电影院里,一农村老大娘看到儿女不孝敬父母的镜头,伤心得大哭。

邻座一妇女安慰道:"大姐,别伤心,电影里那是演戏,是假的。"

大娘更难过了:"可我家的事却是真的呀!"

37. 报纸

父亲在屋里四处找都没有找到报纸,于是问儿子:"今天的报纸哪去了?"

儿子懒洋洋地躺在沙发上,说:"我裹垃圾扔了。"

父亲怒道:"我还没看呢!"

儿子回答:"有什么好看的?只有一些香蕉皮、牛排骨头和咖啡渣!"

38. 亏不亏

有对父子吃酒时喜欢划拳,有一天他俩又对划起来。

儿子:哥俩好哇……

父亲:亏啊亏啊……

儿子:你怎么老是说"亏啊亏"?

父亲:我们是父子关系,你却喊"哥俩好",你说我亏不亏?

39. 谁出钱

秦老头有三个儿子。

前几年,为了给大儿、二儿操办婚事,秦老头可说是精疲力竭、家贫如洗了。

今年,小儿子谈成对象,成天向老头要钱结婚,但老头身无分文,整天沉着脸抽烟发闷气。

一天,小儿子又在老人面前要钱结婚,秦老头不禁勃然大怒,骂道:"混蛋!你们这个讨老婆问我要钱,那个讨老婆问我要钱,我讨老婆的时候,你们给了我多少钱?"

40. 抱怨

敬老院登记处传来阵阵争执声,原来是登记员和两位老人在争吵。

其中一位老人指着旁边一位老人对登记员说:"他都可以进敬老院了,我怎么不能进?"

登记员说:"按规定,敬老院一般只收无儿无女的老人,他无儿无女,当然可以进啦。你有儿子,进去恐怕就不太合适。"

老人一听更火了,用手指着身边那位老人,大声嚷道:"是啊,我是有儿子!可是,他就是我儿子呀!"

41. 酒后车祸

哈利总是喜欢开快车。

有一次,他驾车急速转弯时,与另一辆车撞了个正着。哈利急忙跳下车,跑过去一看,被撞的车原来是一个老头开的。

那老头早已吓得面如土色,但他一见哈利走过来,就怒吼道:"你是怎么搞的,你差点要了我的命!"

"老人家,实在对不起,不要紧吧?"哈利一脸歉意,边说边拿出一瓶威士忌递进老头的驾驶室,"喝点吧,你会觉得好些的。"

老头接过瓶子,一口气喝了几口,又喘着粗气叫道:"你几乎要了我的老命!"

哈利唯唯诺诺,又劝老头喝了几口。

这次老头一扬脖子喝了个瓶底朝天,他抹抹嘴唇,转而笑着对哈利说:"谢谢。我现在觉得好多了。但你为什么不喝一点?"

"哦,我现在不想喝威士忌,我要在这里等警察来。"哈利答道。

42. 杀鸡

小王天生五音不全,却喜欢唱歌。

一天,他在后院练声,碰上一个高音,便奋力想唱上去。

这时他爷爷在前院说:"岁数大了,眼神儿不好,光听见乌鸦叫,硬是瞅不见。"

他母亲说:"爸,你弄错了,那哪儿是乌鸦叫呢?今儿隔壁来了客人,估计在杀鸡吧!"

小王一听,急忙叫起来:"妈,是我在这儿唱歌呢!"

爷爷听了,恍然大悟地说:"哦,客人真多,这一会儿又杀了一只鸡。"

43. 疯话

在磨坊里,大家都在磨集体的麦子,这时,从外面进来一个老头,他拿起自己的口袋就装麦子。

大家赶紧阻止道:"老人家,你怎么把集体的麦子往自己的口袋里装呢？"

老头说："我是个半疯的人。"

大家一听都乐了，讽刺道："你既然是个半疯的人，那为什么不把自己的麦子装进集体的口袋呢？"

老头听了，脸也不红地回答："如果那样的话，我可真正是全疯了。"

44. 瞄准

一个农村老头正在路上拾粪，忽然远处一辆自行车摇摇晃晃地冲过来，骑车人口中高声大喊："别动、别动！"

老头一阵心慌，拔腿想跑，可来不及了，只听"咚"的一声，骑车人连人带车将老头撞倒在路旁的沟中。

老头这时恍然大悟，不由怒火万丈："怪不得不让我动，原来你是在瞄准呀！"

45. 祈祷

一老翁与邻居正在花园里闲聊。

老翁说："我每天都要向上帝祈祷。"

邻居赞道："那你可真够虔诚的，你会祈祷些什么？"

老翁说："我祈祷说，我罪恶深重，没有资格进天堂，就让我永远留在这儿好了。"

46. 年年增加

一名老兵时常给孙子讲他过去的战绩："有一次,遇到了 12 个敌兵,我一个人就把他们全俘虏了。"

孙子挠挠头,奇怪地问："你去年讲这个故事的时候,说是 6 个敌兵,为什么这次又增加了那么多呢?"

"小傻瓜,那是因为去年你太小了,我怕吓着你。"老兵回答说。

47. 愿望

一位青年记者正采访一位著名的老者,青年说:"您已年近古稀,请问年轻时的愿望您都实现了吗?"

老者说:"年轻的时候,父亲一发脾气,总喜欢揪我的头发。当时我想要是没有头发该多好,现在,这个愿望算是实现了。"

48. 为了儿女

法官劝一位老太太打消离婚的念头,他说:"你都 92 岁了,你丈夫也 94 岁了,你们结婚都 73 年,为什么还要离婚呢?"

"我们的感情已经破裂多年了。"那位太太说,"只是为了儿女,才决定等到儿女们都死了再离的啊!"

49. 求婚

小王曾经在一家退休人员住宅设施公司当维修工,每天的大部分时间是为居民提供维修服务。

有一次,小王被叫去修理一扇不能关严的门。来到那家公寓,小王敲敲门,里面没人应声,于是他跪到地上检查门锁。

这时,门突然开了,出来的是一位颤巍巍的老太太。看到小王跪在门外,她大吃一惊。

不过,接下来该小王大吃一惊了。老太太双手扶起小王,激动地说:"我很高兴接受你的求婚。"

50. 光阴无返

老妇坐在旧沙发上,感叹时光逝而不返。

老妇说:"过去你总和我一起坐在这儿……"老夫过去坐在从前坐过的扶手上,似乎一切依旧如故。

老妇说:"你总是紧搂着我。"老夫就伸出手臂紧搂着她。

老妇说:"你还吻我……"老夫吻了她一下。

老妇说:"我记得你还轻轻咬咬我的耳朵、脖子……"老夫起身便走。

老妇忙问:"你上哪去?"

老夫回答:"我得去戴假牙。"

51. 沉痛的哀悼

故事发生在苏格兰的一个墓地。

值得一提的是一块墓碑上的碑文："这里长眠的是亥米西·麦克泰维西。其悲痛的妻子正继承他的兴旺的事业——蔬菜水果商店,商店在第十一号高速公路,每日营业到晚八点。"

52. 中暑者

纽约街头。一个乞丐中暑晕倒,路人围拢过来,议论纷纷。

"这个人真可怜,给他一点威士忌吧。"一位老太太说。

"还是把他抬到阴凉的地方,让他歇歇。"好几个人说。

"让他喝点威士忌保管就没事了。"老太太坚持己见。

"应该送他到医院去才对。"另外有人提出。

"给他点威士忌,没错!"老太太还是这句话。

中暑的人突然翻身坐起,大喊道:"你们别多嘴了! 怎么就不听老太太的话呢!"

53. 诚实的人

一位朋友问辛普顿多大年纪了,辛普顿答道:"40岁。"

10年后,这位朋友又问辛普顿多大年纪了,辛普顿回答:"40岁。"

那人感到奇怪:"怎么可能呢? 10年前你就说过你40

岁了。"

辛普顿答道:"正人君子决不会因为时间而改变自己曾经说过的话,你就是20年以后再来问我,我同样是这句话。"

54. 老者

一位老人每天坐在公园长椅上默然沉思,咬着烟斗,和人打招呼,微笑点头,但一直不愿意和人谈话。

他总是在下午大约三点钟到来,看过怀表后准时在四点钟离开。

杰森和他成了点头朋友,几个月之后,杰森不禁好奇地问他为什么每天如此。

"年轻人,"老人微笑道,"结了婚五十二年六个月三个星期零四天的男人,最低限度也有权每天过一小时的单独生活。"

说罢,他看了看表便向杰森点头示意,然后离开。

55. 亡妻

老教授神色悲哀地走进餐厅对女服务员说道:"请给我一份炸糊了的鸡蛋,一杯淡而无味的咖啡,两片干巴巴的隔夜面包,然后坐下来唠唠叨叨地骂我半小时。我想念我的亡妻……"

56. 忘记

三位老妇人聊到了她们的生活。

一位说："我现在有一个毛病,有时打开冰箱后,忘记了自己到底是来拿东西,还是刚刚把东西放了进去。"

"那没什么,"另一位说,"我的毛病是站在楼梯上,忘记了自己是要上楼还是下楼。"

第三位说："谢天谢地,我没有这样的毛病。"说着她用指节敲着桌面,发出了清脆的敲击声。"啊! 有人敲门!"她惊叫起来。

57. 放久的钓饵

一位老父亲问她那漂亮的女儿为何还不结婚。

女儿告诉他,她曾有过好几位男友,但他们不能使她称心如意,她想再等一等,挑一挑。

老父亲警告女儿抓紧点,当心做一辈子老姑娘。

漂亮的女儿听后,满不在乎地对她父亲说："噢,放心吧,亲爱的爸爸,大海里鱼多着呢!"

"是呀,我的孩子,"老父亲笑了笑答道,"可钓饵时间放久了就没味了!"

58. 应该说谢谢

奶奶看见孙子谢寥沙在地上到处爬,弄得衣服脏得要命。

她生气地对孙子说道:"看你的衣服把地板上的灰都擦干净了,你叫我对你说点什么好呢?"

谢寥沙认真地说:"奶奶,你应该对我说'谢谢'。"

59. 疑问

一个老人死了,盛大的葬礼正在进行。

乡村神父在胸前画着十字,口中念念有词,颂说着死者生前的善行德事:"多么诚实的人啊!多么可敬的丈夫!多么慈爱的父亲!"

末了,站在一旁的寡妇低声对她儿子说:"你去看看,棺材里躺的到底是不是你父亲?"

60. 到底拿什么

杰克和玛丽这对老夫妻都到了容易忘事的年纪,所以养成了在小纸片上记事的习惯。

有一次,玛丽对杰克说:"请帮我去拿些冰激凌来,好吗?"

"没问题。"杰克起身向厨房走去。

"你最好先把它写下来,不然要忘记的。"玛丽提醒他说。

"没事,没事!不就是冰激凌吗,有什么难记的。"杰克嘟囔了一句。

过了一会儿，杰克端着装有咖啡、鸡蛋、方糖和橙汁的托盘来了。玛丽一看，便叹了口气，说道："你看你，我叫写下来你又不听。这不，把烤面包给忘了吧！"

61. 令人陶醉

小林的妈妈 53 岁了，但看起来仍很年轻。有一次小林陪她坐长途公共汽车去探望朋友。

英俊的司机站在车外协助他们上车。"帮你姐姐拎袋子。"司机说。

小林正要纠正他的说法，妈妈却捅了他一下，柔声说道："别介意，弟弟，照那人说的做吧。"

62. 买车

一个农民对一个车行老板说："我想买一部实用而不算太贵的小汽车。"

"你肯定会满意的。你看这辆，马达是新的，速度是 150。"车行老板忙推荐道。

"什么叫'速度是 150'？"农民不解地问。

"很简单。比方说吧：如果你 11 点钟从巴黎出发，那么几分钟后，你就到莱姆士了。"车行老板解释道。

"太棒了,不过我得跟我老婆商量一下。"农民说。

两星期后,车行老板又碰到那个农民。

"那车你到底买不买呀?"车行老板问。

"我跟老婆说过了,可她说:'咱们到莱姆士去干什么?'"农民回答。

63. 误会

一位老妇人乘出租汽车外出。

半路上,这位老妇人想让司机把车速放慢一些,便从后面拍了一下司机的肩膀,司机竟被吓得"哇哇"乱叫。

老妇人赶忙道歉:"真对不起,小伙子。我只是想让你把车开得慢一点,没想到会吓着你。"

司机连忙解释:"没关系,这纯粹是个小小的误会,因为我这是第一次开出租车,过去我一直是开灵车的。"

64. 选帽子

有位夫人在商店里选购帽子,试了二十顶都不中意,最后总算下决心挑中了一顶。

她对售货员说:"我就买这一顶吧。多少钱?"

服务员彬彬有礼地回答:"夫人,这顶帽子不收钱,因为您进店时戴的就是它。"

65. 再见妈妈

约翰在超级市场买东西,突然有一位老太太对他看了又看,然后说:"哎呀,你太像我去世的儿子了。我可真是太想念他了,你能不能对我说一声'再见,妈妈'。"

约翰觉得老太太很可怜,便说了声:"好的。再见,妈妈。"

"哎,再见,孩子。"老太太大声说着走了。

约翰买好东西刚要走,营业员叫住了他:"喂,先生。你母亲的账你还没付呐。"

66. 时代不同

年轻的海军见习军官向战舰舰长报到。

舰长是个从最低层干起、说话粗鲁的老头子,他说:"小伙子,你父母也和多数人一样,想把家里最没出息的傻小子送到海上来见识一下吧?"

"不是的,长官,"见习军官恭敬地答道,"现在的情况跟你们那个年代不一样了。"

67. 合适

一位贵妇走进书店,对店员说:"我和我家老先生已经结婚50年,我想买一本书送给他做纪念,你看哪一本对他最合适?"

店员转身从书架上抽出一本书递给贵妇,书名是:《半个世纪的艰苦奋斗史》。

68. 三十年之经验

邮局职员告诉总经理：“这是米勒先生,他在邮政局已干了30年,现在想退休。”

总经理问：“哦,米勒先生,您在我们这儿30年里都学会了什么?”

米勒道：“请您不要通过邮局给我寄退休金。”

69. 最讨厌的

老太太对孙女说：“明天我要进城,想给你买条裙子,不知你喜欢什么款式的?”

孙女回答道：“奶奶,这还不容易吗,您到了时装店,就把您觉得最讨厌的那条买下就是了。”

70. 有备而来

儿媳妇对来串门的公公说：“您老牙不好,我就做些蔬菜和豆制品给您下饭……”

“鸡鸭鱼肉只管做!”公爹满不在乎地说,“俺出门戴着假牙!”

71. 后悔

庆祝结婚 50 周年时,妻子注意到丈夫眼中有泪,便问道:"我从未发现你的感情这样丰富。"

"不是的。"丈夫抽泣道,"还记得吗?当年你父亲在谷仓里逮住我时,他说要是我不娶你的话,他就要让我坐 50 年的牢。唉,如果我当初不娶你,我今天就自由了。"

72. 文凭

有位妇人老是管她的外孙叫"文凭"。

有人问她:"你为什么叫外孙'文凭'呢?"

妇人答道:"我送女儿上学,她毕业了,带回来的却是这个小家伙。"

73. 电车上

电车上,老太太问身旁的乘客:"是不是到终点站了,怎么大伙都往下车门那挤?"

"终点站倒是没到,可车里出现了验票员!"

74. 预见

电视机里出现了女主人公受到打击,悲伤地冲进卧室的镜头。

看电视的小孙子说："看吧，她先是靠在门上站一会儿，接着就要去抱枕头了。"

75.四川袜

一群贵妇人在夸夸其谈，都想炫耀一下自己。

李夫人说："我手上戴的是瑞士名牌欧米茄表。"

陈夫人紧接着说："我挎的包是法国路易·威登的。"

刘夫人也不甘示弱："我穿的裙子是意大利普拉达的。"

在一旁搞卫生的阿婆再也忍不住了，脱口而出："我的袜子是'四川'的。瞧，袜子上有四个洞，都是被我穿破的。"

76.募捐

有个老头很吝啬，他从来没往教堂的募捐箱里放过一分钱。

一个礼拜天，牧师说："今天收集到的钱，都将用来拯救堕落的女人。"

这个老头听了，居然破天荒地往募捐箱里放了钱，众人大吃一惊。

过了几天，老头在路上碰见牧师，着急地问："牧师，我们凑钱买的那些姑娘什么时候能送来？"

77. 三个女婿

王老汉有三个女婿,大女婿是唱戏的,二女婿是开茶馆的,三女婿是说书的。

一天,王老汉病了,三个女婿都来看望。见了面,大女婿唱道:"岳父大人在上,女婿问安来迟了。"

王老汉一听,来了气,抓起桌子上的茶壶就砸了过去。

二女婿见状,大声叫道:"嗨!闲人闪开,茶水来了。"

最后,三女婿不紧不慢地说:"欲知岳父大人生死如何,且听下回分解。"

78. 遭白眼

小贝做事情磨磨蹭蹭,而且很小气。

一次,他看见一个可怜的老爷爷在天桥上要钱,实在过意不去了,就停下来,收了阳伞,顶着毒辣的日头拉开皮包。

他好不容易找到钱包,打算从里面码得整整齐齐的纸币中找一点零钱,可是左翻右翻都没找到小票子。

他正犹豫给还是不给呢,已经满脸期待地等了半天的老爷爷开口了:"小伙子,你的好意我心领了,你还是赶快走吧。你挡在这儿半天了,耽误别人给我钱啦。"

79. 这意味着什么

上午九点多,一群厂领导穿着崭新的工作服,突然下车间劳动来了。

厂报记者跟着来采访,他让一位老工人谈谈感想:"老师傅,您说说,领导干部下车间劳动,这意味着什么?"

老工人嘿嘿一笑,回答说:"根据以往的经验,这意味着——今天有什么人要到厂里来参观了!"

80. 原来如此

小张和妻子小丽在火车站附近开了一家小酒吧。

这天已是凌晨一点了,酒吧里的顾客都走了,唯独一个老头儿坐在那里,头一点一点,小鸡啄米似的打着瞌睡。

小丽这会儿又累又困,她盼着老头快走,最后她终于忍不住了,走到小张跟前,愤愤地说:"你已经把他叫醒6次了,但是每次他什么都不喝,既然如此,你为什么不让他走呢?"

小张笑着说:"你不知道,每次我把他叫醒,他总是要他的账单,我把账单给他后,他总会付款,当他付完款后,又继续睡了。"

81. 彩票的话题

爷爷向孙子讲述自己当年的事:"爷爷在年轻时,参加过抗日战争,身上挂了彩……"

孙子打断爷爷的话,问道:"是体彩还是福彩?"

爷爷望着孙子,不满地说:"什么体彩、福彩,是腿上……"

孙子抢着说:"我知道了,那是足彩!"

爷爷更恼了:"不是彩票,是腿上中了弹!"

孙子不解地说:"那你中了几注?"

82. 家信

王老汉的儿子在广州打工,一天给家里来信说:"我在广州度日如年,请二老寄给我200元钱。"

王老汉读完儿子的来信,高兴地对老伴说:"看样子咱儿子在广州过得不错,他在信上说每天都像过年。"

老伴不解地问:"那儿子为什么还让咱们给他寄钱呢?"

"你就是个死脑筋!"王老汉生气地说,"过年就要买年货,哪能不花钱呢?"

83. 作风问题

老头向老伴埋怨儿子:"要不是他给咱装这电话,俺还发现不了这小子在城里出了事情。"

老伴紧张地问:"咱儿子出什么事了?"

"他现在'开放'了,我昨晚给他打手机,老是一个女的来接,瞎说什么'你拨打的电话已关机'。手机关了,那她怎么能听到我的声音?哼,她不敢跟我多搭腔,可我一听就听出来这不是咱儿媳的声音。你说深更半夜的,这女的在他那儿还会有好事?"

84. 顽皮兄弟

有一对双胞胎兄弟,很是顽皮。一天,他们的父母外出访友,留下他们在家写作业。

老二想出去玩耍,就对老大说:"哥,等爸妈回来就说我病了,需要休息。"

"好的,弟弟,"老大边说边往外跑,"爸妈回来,你就说我给你请医生去啦!"

85. 这是哪里

一位老太太拄着拐杖上了公交车,坐在司机的后面。每到一站,她就用拐杖戳戳司机,问到哪了。

司机被问得烦死了。

又到了一站,她又戳了戳司机,问:"这是什么地方?"

司机生气地说:"这是屁股!"

86. 找邻居

张大妈有急事要给城里的儿子打电话,找了半天,找到了儿子离家时留下的电话号码"1234567",可是打过去没人接。

怎么办？找邻居！张大妈于是拨号码：1234568。

对方还没开口，张大妈就赶紧说："我找你们邻居阿毛。"

那一头回话："没这个人。"

不对呀？那就换个邻居问问。张大妈再拨号码：1234566。

对方问："喂，你找谁？"

张大妈赶紧客气地说："不好意思，我找你们的邻居阿毛。"

回话："对不起，我们不认识。"

"啪嗒"电话断了。张大妈心里嘀咕："城里人硬是不如我们乡下人，三个电话号码都是连着的，明明是邻居，还硬说不认识。怎么会没这个人呢？"

87. 硕士和博士

冯老太有两个外孙，一个叫"硕士"，一个叫"博士"。有人问她，两个外孙的名字这么奇怪，是怎么起的。

冯老太说："有一年我女儿去考硕士，结果带回来一个外孙，就取名叫'硕士'。过了几年，我女儿又去考博士，结果又带回来一个外孙，就取名叫'博士'。所以在我们家，'硕士'比'博士'大。"

88. 绝对没用过

有个妇人到皮具店,想退还几天前买的小钱包。店中规定用过的货品一律不能退。

妇人坚称钱包还是全新的:"我绝对没用过。"

既然她如此坚持,皮具店的营业员只得把货收下,退钱给她。

可是,几分钟后她又回来了,怯生生地说:"对不起,我把钥匙留在钱包里了。"

89. 丈夫的特征

警察局里,警察正询问一位太太:"我们发现一具男尸,可能是你丈夫。你能提供他的一些特征吗?"

太太说:"他的右耳是聋的。"

"……还有其他特征吗?"警察问。

太太想了想,又说:"噢,还有,他说话有点口吃,还喜欢眨眼睛……"

90. 谈论儿子

四位牧师的母亲聚集在一起,谈论着自己的儿子。

第一位母亲骄傲地说道:"我的儿子是一位天主教的主教。当他步入教堂时,人们会说:'您好,阁下。'"

第二位母亲接着说道："我的儿子是一位基督教的主教。当他走进教堂时,人们会说:'您好,尊敬的阁下。'"

第三位母亲说道："我的儿子是一位红衣主教。当他步入教堂时,人们会起身站立,恭敬地说道:'您好,尊敬的阁下。'"

第四位母亲想了一会儿,说道："我的儿子身高2米20,体重200公斤,当他走进教堂时,人们会惊呼:'噢,上帝!'"

91. 不知羞耻

老汤姆对年轻的女儿发火道："你真不知羞耻,众目睽睽之下竟对陌生男人丢飞吻。"

"那怎么着?"女儿反驳道,"是他先丢给我的,如果不丢还给他,我还留着不成?"

92. 什么毛病

家电修理部的老王上班后对同事抱怨说："真倒霉,昨晚没睡好,被邻居叫去修电视机,折腾了大半夜。"

"怎么要这么长时间?什么毛病?"

"什么毛病也没有!"老王哭笑不得地说,"查来查去,结果是他们老夫妻俩戴错了眼镜!"

93. 各要一个

儿童用品商店送给每位顾客的孩子一个气球。

一个男孩想要两个,店员说:"非常抱歉,我们只给每个孩子一个气球,你家里还有弟弟吗?"

男孩非常遗憾地说:"不,我没有弟弟。但是我姐姐有个弟弟,我想替他领一个。"

94. 爸爸弄错了

5岁的冬冬一次到爸爸经营的小化妆品店里,看见很多人围在那里听爸爸讲什么。

他挤过去一看,只见爸爸指着挂在墙上的两张人头像照片说:"那是使用前,这是使用后。"

冬冬急忙大叫:"爸爸你弄错了,那是姥姥,这是妈妈!"

95. 好孩子不说谎

妈妈买来了几个苹果,有大有小。

为了考考孩子们的谦让精神,她故意问小女儿:"朱丽娜,你想吃哪个苹果?"

小女儿答道:"我要吃大的。"

妈妈有点不高兴了,说:"你应该懂礼貌,大的让别人吃,自己吃小的,这才是好孩子。"

小女儿疑惑地问："照你这么说,为了讲礼貌,我就得说谎,可是——说谎也是好孩子吗?"

96. 爸爸是太阳

宇儿的爸爸很爱打牌,晚上经常和朋友一起打牌到很晚才回家。

一天晚上,宇儿和妈妈一起散步,天气很好,可以看见弯弯的月亮和美丽的星星。

宇儿指着天上的月亮告诉妈妈："妈妈,你就是天上的月亮,我是月亮旁边的小星星。"

"那你爸爸呢?"妈妈问。

"爸爸是太阳,一到晚上就看不见了。"

97. 做好事

妈妈刚从菜市场回来,她的小儿子汤姆便高兴地对她说:"老师要求我们今天每人做一件好事,我就扮邮差给社区内每一户人家送了一封信。"

妈妈不解地问:"可是你哪来那么多信呢?"

汤姆说:"你衣橱里用粉红色丝带扎好的那一捆全是信,这不就够了吗?"

98. 睡着了

小明不肯睡觉,爸爸就坐在他的床头开始给他讲故事。

一个小时、两个小时过去了,房间里终于安静了。

这时,妈妈打开房门问:"睡着了吗?"

"爸爸睡着了,妈妈。"小明小声回答。

99. 送匿名信

小约翰蹦蹦跳跳地跑到妈妈跟前,说:"妈妈,我今天帮你省了 10 个便士。"

妈妈问:"你是怎么省的?"

小约翰得意地说:"这很容易,你给玛丽亚太太的匿名信我没有送到邮局去,而是直接送到她手上了。"

100. 孝顺女儿

父亲问七岁的女儿:"你长大了对爸爸孝不孝?"

女儿回答:"孝!"

父亲问:"怎么孝法?"

女儿回答说:"我让爸爸哈哈大笑!"

101. 生日问题

小明班里的一个同学今天过生日,小明问妈妈:"我什么时候过生日？"

妈妈说：" 6 月 15 日。"

孩子问：" 那你呢？"

妈妈说：" 6 月 10 日。"

孩子疑惑地说：" 怎么, 你只用了 5 天就把我生下来啦？"

102. 换位

牧师的女儿在楼上睡觉, 突然她哭了。

牧师上楼问她为什么哭。

" 爸爸, 我怕。"

" 不怕孩子, 上帝和你在一起。"

" 爸爸, 你来跟上帝在一起, 我下去和妈妈在一起。"

103. 牙痛

克劳斯嚷嚷着：" 爸爸, 我牙痛。"

父亲回答：" 你吃糖果太多了, 所以才牙痛。"

" 这不可能," 克劳斯说, " 吃糖果时我用所有的牙齿咀嚼,

可现在我只有一只牙齿痛。"

104. 爸爸好棒

妈妈向小女儿安妮详细讲解了小宝宝是怎样来到这个世

界的。

　　小安妮沉默了一会儿,妈妈于是问:"你明白了吗?"

　　"是的。"

　　"还有什么问题吗?"

　　"那我们的小猫咪呢?也是这样来的吗?"

　　"对,跟小宝宝一样。"

　　"哇!"安妮兴奋地大叫:"我爸爸好棒,什么事情都会做。"

105. 结果

　　机场上,一个小男孩跟着妈妈,他告诉工作人员他两岁。

　　工作人员怀疑地看着他,问:"你知道说谎的结果是什么吗?"

　　"知道,可以买半票。"

106. 妈妈说的

　　亨利5岁,玛丽3岁。

　　有一天亨利敲玛丽的房门。

　　玛丽在房内大声说:"别敲了,妈妈说过,女孩穿睡衣时是不能让男孩进屋的。"

　　亨利无奈,正要离去,又听玛丽说:"亨利,进来吧,现在我把睡衣脱了。"

107. 妙语

饭后,爸爸背着儿子亮亮在院子里玩耍。

爸爸:亮亮,爸爸背着你,你在上面舒服吧?

亮亮:舒服极了,爸爸你也上来吧!

108. 抢救爸爸

一个小女孩第一次在电话里听到她父亲的声音,失声大哭起来。

她母亲问道:"孩子,怎么啦?"

"妈妈,"女孩说,"我们怎样才能把爸爸从这个小洞里救出来呢?"

109. 我没挨打

同班同学偷偷问彼得:"昨天老师找你父亲后,他回去打你了吗?"

"没有呀,"彼得庆幸地回答,"我是我们12个兄弟中排行最小的,当轮到我挨打时,他已经很累了。"

110. 疑惑

父亲坐在沙发上看报纸。

4岁的小汤姆很疑惑地问:"爸爸,好奇怪,为什么每天发生的新闻都刚好填满一张报纸呢?"

111. 不言自明

一位推销员按响了一户郊区人家的门铃。

开门的是一个小男孩,他嘴里叼着一根长长的雪茄烟。

推销员惊讶地问道:"小家伙,你父母在家吗?"

小男孩把雪茄从嘴里取下来,熟练地弹弹烟灰,反问道:"你看呢?"

112. 毛巾汤

妈妈正在厨房里用开水烫毛巾消毒。小小跑过来,指着那不断冒气的锅子问:"妈妈,那里面是什么?"

"是毛巾啊。"

小小迟疑了一会儿说:"我不知道原来毛巾也能煮汤哪!"

113. 比胖

小沈在和小田比胖。

小田首先说:"我站在秤上时,秤会说不要挤,一个一个来,秤上不要站两个人。"

"这算什么,我照相时,人家按团体照收费!"小沈得意地说。

114. 工作

6岁的小芳长得可爱,常常有班上的小男生向她求婚。

有一天,小芳回家后跟妈妈说:"妈咪!今天小线向我求婚,要我嫁给他耶!"

妈妈漫不经心地说:"他有固定的工作吗?"

小芳想了想说:"他是我们班上负责擦黑板的。"

115. 解答

两个孩子在交谈。

其中一个孩子问:"你说,远古的时候根本没有电,没有收音机,更没有电视,我们的祖先怎么能活着呢?"

另一个孩子说:"所以他们都死了。"

116. 爸爸不在家

一个小偷来到一个居民区,他看到一个小孩坐在房子门口,脖子上还挂着一串钥匙。

于是他走上前说:"小朋友,你爸爸在家吗?"

小男孩说"不在啊!"

小偷又说:"我是查电表的,可以让我进去吗?"

"当然可以。"小孩说。

小孩帮小偷打开了门,小偷刚把脑袋伸进去,接着撒开腿就跑了。

小男孩追着他喊："我爸爸真的没在家,他们是我的二叔、三叔、四叔、五叔、六叔……"

117. 衣柜有鬼

一天下午,杰克的三个孩子特别顽皮,把他弄得快发疯了。

杰克憋了一肚子的气,钻进卧室的大衣柜,关上门高声尖叫。这一招很管用,他感觉好多了。

打开衣柜门时,却看见眼前有三张惊惶失色的小脸。

杰克5岁的孩子说道:"妈,我早说过,大衣柜里藏有鬼怪!"

118. 跟着谁

一对夫妇要离婚。

法官问他们的小儿子:"你想跟着爸爸还是妈妈?"

儿子毫不考虑地回答:"你把电视判给谁?"

119. 孺子不可教

儿子在客厅里玩着新买来的电动玩具火车。

火车停下来时,他大叫道:"到站啦,你们这帮兔崽子赶快下车!喂!你们那几个家伙赶快上车!"

儿子说的脏话被厨房里的妈妈听到了,妈妈教训了他一顿,还罚他两个小时不许玩火车。

两个小时后,儿子又玩起了火车,只听见他说:"各位乘客,对不起,如果你对火车晚点有任何意见的话,请和厨房里的那个母夜叉联系!"

120. 好人与坏人

7 岁的儿子刚刚和小朋友们看完一部电影回来。

妈妈问:"电影好不好看?"

"好看。"

"为什么好看?"

"因为好人打坏人。"

"好人怎么好?"

"因为他打坏人。"

"坏人怎么坏?"

"因为他打好人。"

121. 妈妈的肚子

临睡前,儿子总爱拥着妈妈谈天说地。

一天晚上,妈妈准备给儿子讲故事的时候,他用小手摸着妈妈的肚皮问:"妈,为什么你的肚皮老是这么大。"

妈妈说:"以前它只是单人房,窄窄小小的。自从 5 年前你在里面住了9个月,它便扩建了。"

儿子连连点头道:"啊,它现在肯定是总统套房了!"

122. 年龄

4岁的小马克喜欢听别人说他看上去比实际年龄大得多。

有一次,刚过30岁的姑姑来家里做客,小马克马上跑到姑姑跟前问:"姑姑,你觉得我看上去有多大?"

姑姑说:"你看上去真的像6岁的孩子。"

小马克感到非常高兴,于是就讨好姑姑说:"你看上去至少像60岁了!"

123. 女儿的担忧

刚出生的儿子对婴儿用品过敏,每次洗澡后马丽都给他抹橄榄油。

有一天,4岁的女儿看着马丽为弟弟抹橄榄油,显得很不安。

她忧心忡忡地问:"妈妈,你想把他煎来吃吗?"

124. 笛卡尔的电话

7岁的华拉丽一有机会就要向大家展示自己的阅读能力。

一天晚上她的父亲正与朋友下棋,华拉丽提了一个问题:

"'我思故我在'是谁说的？"

父亲答道："笛卡尔。"

她高兴地说："答对了。他的电话号码是多少？"见大人们被问住了，华拉丽很高兴地拿出她的书，念道："他的电话号码是：1595–1650。"

125. 怕黑

一个小男孩怕黑。

一天夜里，他母亲叫他到后面阳台去拿扫把。

小男孩转头向他母亲说："妈咪，我不想去那里。那儿黑咕隆咚的。"

母亲朝儿子宽慰地笑了笑，说道："不用害怕黑暗，耶稣就在那儿。他会照顾你，保护你。"

小男孩紧盯着他母亲，问道："您能肯定他在那儿吗？"

母亲说："是的，我能肯定。耶稣无处不在，当你需要他时，他总是准备帮助你的。"

小男孩想了一下，然后朝后门走去，拉开一条小门缝。他眯眼看了看黑乎乎的阳台，喊道："耶稣，要是您在那儿，请您把扫把拿给我好吗？"

126. 模仿

一个男孩放学回家时,觉得肚子痛。

"来,坐下,吃点点心,"妈妈说,"你肚子痛是因为肚子是空的。吃点东西,就会好的。"

一会儿,男孩的爸爸下班回来了,说是头痛。

"你头痛是因为脑袋是空的,"男孩得意地说,"里面装点东西,就会好的。"

127. 喝酒不行

女儿在家看电视,不解其中台词"酒色不能贪多",于是请教父亲。

父亲只好解释:"酒就是喝酒,色就是吃饭,喝酒和吃饭都不能太多。"

一次家中有客人来吃饭的时候有人劝酒,女儿忙替父亲挡驾:"叔叔,我爸爸喝酒不行,色还可以。"

128. 怎么回事

一个男孩看见一个秃头的人,于是对他母亲说:"妈妈,你看,这个人头上一根头发也没有!"

母亲对他说:"小点声儿,这多不好,这人会听见的!"

"怎么,他还不知道自己是个秃子?"小男孩答道。

129. 孝子

儿子看了看墙上的钟,说:"妈妈,该是做饭的时候了,你为什么还躺在床上?你不舒服吗?"

妈妈无力地说:"我的头好晕……"

儿子连忙体贴地说:"妈妈,我搀你进厨房!"

130. 我也要去

爸爸妈妈做什么事,文文总要跟着一起去。

爸爸上班去,文文说:"我也要去!"

妈妈去学习,文文说:"我也要去!"

一天,文文在照相簿里看见了爸爸妈妈的结婚照,又哭又闹,吵着说:"你们照相,为什么不带我一起去?"

131. 同情

爸爸对女儿讲他小时候家境贫寒,受尽了苦难。

女儿听完了故事,两眼含泪,十分同情地对爸爸说:"哦,爸,你是因为没有饭吃才到我们家来的吧?"

132. 离婚

小儿子跑到妈妈跟前,眨巴着眼睛,问:"妈妈,您疼爱我吗?"

妈妈一把抱起儿子,吻了吻他的脸颊,说:"那当然!"

儿子不满地说:"那你为什么不跟爸爸离婚而与那个卖糖果的人结婚?"

133. 当市长

教室里,小明和小强正聊得起劲。

小明偷偷地对小强说:"小丽的爸爸当市长了。"

小强显然不信,忙说:"不可能,她爸爸当市长了,怎么还会和我们住在一幢楼里?哪个市的?"

小明回答:"超市。"

134. 奖励

妈妈见儿子不肯吃饭,就对他说:"你吃了这碗饭,我就奖励你两块钱。"儿子同意了。

不久,爸爸回来了,儿子悄悄对他说:"爸,你吃了这碗饭,我奖励你一块钱。"

135. 谁的爸爸快

有三个小孩在比谁的爸爸速度快。

第一个小孩说:"我爸爸最快了,桌上的咖啡杯掉下来,他可以在杯子跌到地面之前把杯子接住。"

第二个小孩说："我爸爸才快呢,他去打猎,在200米外射中一头鹿,在鹿摔倒在地上以前,他可以冲上去把鹿扶住。"

第三个小孩说："我爸爸每天下午五点钟下班,他四点半就能到家了。"

136. 见不得人

小宝的妈妈为了美容,正在家里做面膜,脸上除了两只眼睛和一张嘴,全涂成了白色。

这时,家里来了客人,妈妈忙躲进里屋,对小宝说："宝宝,快去客厅照应一下客人,我这个样子是见不得人的。"

小宝走进客厅,对客人说："我妈妈一会儿就来。"

客人问："你妈妈在干什么?"

小宝说："她正在干一件见不得人的事。"

137. 谁说得对

儿子问爸爸："昨天老师明明教我二加二等于四,今天你却说三加一等于四,到底你们谁说得对?"

爸爸反问儿子："你说呢?"

儿子歪着小脑袋想了半天,说："我知道啦,一定是在学校里老师说得对,在家里爸爸说得对!"

138. 生日礼物

爸爸妈妈在小明生日的前几天问他想要什么礼物。

小明说："我想要一个小弟弟。"

妈妈笑着说："你爸爸和我很愿意给你一个小弟弟，可时间来不及呀！"

小明说："为什么不能学学爸爸的公司呢？"

妈妈疑惑地问："学他们什么呢？"

"有紧急任务，一个人来不及完成时，就派更多的人来一起做！"

139. 条件

玛丽课余打工，去一户人家帮忙照看孩子。

这天，一个四岁的男孩对她说："我快有个小弟弟或小妹妹了！"

玛丽明白这男孩的父母想要再生个孩子，便问："那么你什么时候才会有个小弟弟或小妹妹呢？"

男孩答道："爸爸说，只要我能回到自己的床上去睡觉的话，就快了。"

140. 在找谁

马丽下班回家，看了看丈夫，问儿子："你爸钻在床底下干什么呢？"

儿子说："说不清,不是找你就是找我奶奶。"

马丽忙说："胡说！"

儿子一脸无辜地说："我亲耳听见的,他一边找一边说：'奶奶的,真他妈的不好找。'"

141. 学习助理

爸爸妈妈要给成绩很差的儿子送一份生日礼物,是买学习机还是复读机,爸爸妈妈找儿子征求意见。

儿子想了想,说："听说现在的厂长有厂长助理,县长有县长助理,部长有部长助理,就给我配一个学习助理吧！"

142. 怎样长大的

上小学一年级的儿子回到家中,问妈妈："妈妈,我是怎样长大的？"

妈妈一听孩子的问话非常高兴,感到儿子长大了,便趁机教育他："你是妈妈一把屎一把尿喂大的。"

谁知孩子一听就急了："妈妈,你怎么给我吃这个呀？"

143. 问妈妈

某天,儿子问妈妈："妈咪,你为啥这么疼爱我呢？"

妈妈吻了一下他的额头,说:"宝贝,因为你是从妈妈身上割下来的一块肉,知道不?"

儿子惊讶极了:"是菜市场里那个卖猪肉的坏蛋把我从你身上割下来的吗?"

144. 稚语

儿子过 7 岁生日,妈妈问宝贝儿子:"帅帅,你长大想当什么?"

儿子娇滴滴地回答:"我想当女孩。"

妈妈问:"为啥呢?是不是女孩有花裙子穿?"

儿子认真地说:"不是!我要是女孩,再有大男孩打我,我跑进女厕所,他就不敢进来了。"

145. 对话

一天,女儿哭丧着脸,跑到安妮跟前,说:"妈妈,你净骗我。"

安妮吃惊地问:"我怎么骗你了?"

女儿委屈地说:"你说菠菜里含铁多,叫我多吃点菠菜,可我用吸铁石吸了吸,一根也没吸起来。"

146. 广告

晚饭后,儿子和妈妈一起看电视。

儿子:妈妈,什么叫广告?

母亲:不管你爱不爱听,反正翻来覆去都是说那些话,这就是广告。

儿子:那妈妈,你不是天天都在做广告吗?

147. 银行家

爸爸在问儿子的理想。

爸爸:比尔,你长大准备干什么?

儿子:我要当银行家,我从今天起就准备,好吗?

爸爸:太好了,你怎么准备,快告诉爸爸。

儿子:请爸爸、妈妈、外公、外婆每天都到我这儿存钱。

148. 理发店的笑话

小维克自以为是成年人了。

一天,他到理发店去刮胡子修面。理发师请他坐下,给他脸上涂满了肥皂,然后就站在店门口和另外一个理发师聊天。

小维克等了好久,忍不住叫了起来:"喂,你干吗让我一直闲待在这儿?"

理发师慢悠悠地回答:"我正在等你的胡子长出来呀!"

149. 何时长大

上火车前,妈妈叮嘱儿子:"检票员如果问你的年龄,你就说 5 岁。"

检票员果真问他多大了,小家伙回答是 5 岁。

"5 岁就这么大啦,"检票员问,"还有多久你满 6 岁呢?"

"只要一下火车。"小家伙回答。

150. 小男孩问价

一个男孩走进商店问:"1 公斤面包多少钱?"

"4 法郎。"

"1 公斤白糖多少钱?"

"12 法郎。"

"2 公斤面包和 2 公斤白糖共多少钱?"

"32 法郎。"

"谢谢,请把您回答的问题写在本子上。"

营业员写完后,问:"你问这些干吗?"

小孩回答说:"这是我们老师课堂上要问的。"说完,就回家去了。

151. 妈妈算术好

有一天,女儿跑到父亲面前偷偷地问:"爸爸,你的算术怎么没有妈妈好？"

父亲感到奇怪,问:"你怎么知道?"

女儿说:"你每天向妈妈报账的时候,妈妈总是说:'错了!剩下的钱到哪里去了?'"

152. 挣钱

一次,小女儿兴高采烈地跑进屋子,说:"爸爸,我给您挣钱啦!

爸爸抱起小女儿,说:"好女儿,等长大了再挣钱。"

小女儿摇摇头,说:"不,我现在就挣钱了。您看,我已经挣来了。"

爸爸疑惑地问:"咦,3分钱,哪来的?"

小女儿回答:"是我卖牙膏皮挣来的。"

爸爸问:"牙膏呢?"

小女儿回答:"挤到垃圾箱里去了。"

爸爸愣住了。

153. 有话就大声说

娟娟的爸爸正在客厅和人谈话,娟娟几次想附着爸爸的耳朵说悄悄话,都被爸爸推开了。

爸爸责备她:"当着客人面耳语最不礼貌,有话就大声说呗。"

娟娟便大喊道:"妈妈说今天家里没菜,叫你别留客人在家里吃饭。"

154. 小汤姆的关心

小汤姆向妈妈要2分钱,妈妈生气了:"我昨天给你的钱做什么用了?"

"送给一个穷老太婆了。"

妈妈听了转怒为喜,就掏出5分钱给汤姆:"这下5分钱你准备怎样用?"

"再去给这穷老太婆。"

"你怎么会这么关心贫穷的人?懂事的孩子。"妈妈又高兴又好奇地问。

"因为她是卖糖的。"

155. 双胞胎

布莱克太太正在给一对双胞胎洗澡。

洗完后,她听到两个小家伙在床上"格格"大笑。

"你们笑什么?"布莱克太太问。

"妈妈,"老二回答说,"你给哥哥洗了两回,可是还没有给我洗呢!"

156. 再见吧, 妈妈

妈妈拉着胖胖横穿马路, 被民警叫住。她知道违章是要罚款的, 便凑近胖胖的耳朵嘱咐了几句, 硬着头皮向岗亭走去。

胖胖妈: 民警同志, 我捡了个迷路的孩子。

民警: 啊! 谢谢您, 孩子交给我, 您可以走了。

胖胖妈: 听话, 一会儿叔叔会送你回家的。

胖胖: 好的, 妈妈再见。

157. 启发

爸爸在床上睡觉, 宝宝在一旁玩耍, 无意中拿起了电热毯的插头。

妈妈想启发他把插头插在插座上, 就说: "宝宝, 你拿的是插头, 有两个柱, 应该插在有两个眼的地方, 你看插在哪儿合适呢?"

宝宝看看四周, 突然高兴地爬到爸爸的身上, 一下子就把插头插在爸爸的鼻孔里。

158. 听从吩咐

一个小孩拿着瓶子在马路边站了许久, 后来警察走过来问他: "小家伙, 干吗在马路边站着?"

"妈叫我出来买酱油," 小孩哭丧着脸说, "她说要等汽

车开过后才可以过马路,但是我等了这么久还不见一辆汽车
开过……"

159. 多余的爸爸

一天,汤姆问妈妈:"我们是上帝养活的吗?"

"当然喽,亲爱的。"妈妈接着说,"那还用说!"

汤姆挠挠脑袋,疑惑地说:"那我不明白,我们还要爸爸干
什么?"

160. 成绩单

期末考试后,父亲问儿子:"你的成绩单在哪儿?"

儿子回答:"我把它借给瓦连卡了,让他吓唬一下他的
父母!"

161. 舍不得狗

一天,妈妈带着贝蒂去孤儿院看望小朋友。

其中一个小女孩特别喜欢小动物,于是,妈妈对贝蒂说:
"这个女孩真可怜,她失去了爸爸,又失去了最好的小狗朋友。
贝蒂,你愿不愿意帮助她,把你的狗送给她?"

贝蒂不大愿意地说:"噢,妈妈,我们为啥不把爸爸送给
她呢?"

162. 谁是爸爸

一个小男孩跑进警察局,对值班警察说:"快点,警察先生,大街上有个人在打我爸爸!"

警察马上跟孩子跑了出来,果然看到有两个男人在厮打。

"哪个是你爸爸?"警察问。

"我也不知道,他们正是为这事打起来的。"

163. 诚实的鲁什克

客人要走了,他对主人的小儿子说:"鲁什克,你愿不愿意把我送到汽车站呢?"

"不行,"鲁什克说,"因为我实在太饿了,可妈妈说,只有等您走后我们才能吃晚饭。"

164. 小儿喊妈

玛丽整晚哄小儿子睡觉,哄了无数次,他还是不肯入睡。

小儿子再叫"妈妈"的时候,玛丽忍耐不住了,骂道:"你再叫一声妈妈,我就打死你!"于是小儿子安静了下来。

玛丽刚坐下,便听到小儿子低声说:"史密斯太太,可以给我一杯水吗?"

165. 交易

妈妈要求女儿自己清理房间,可女儿总是偷懒。

一天晚上,妈妈正准备做一些女儿喜欢的饭菜,女儿溜进厨房里来询问晚上准备吃什么。

妈妈忽然意识到这是个让女儿自觉干活的机会,便说:"炸鸡,如果你整理干净自己的房间的话。"

女儿立刻向自己房间跑去,妈妈正自以为得计。

女儿一会儿又若有所思地跑回来问:"那如果我不打扫我房间的话,我们又吃什么呢?"

166. 大男子主义

一对夫妇带着小儿子走进咖啡馆。

"请给来两杯白兰地。"爸爸吩咐道。

"你认定妈妈不喝吗?"儿子不安地问。

167. 再来一次

艾玛和9岁的儿子外出买东西,出发前,艾玛到门口的自动取款机前准备取些钱。

考虑到安全,艾玛告诉儿子她要从那机器里取钱,注意别让人看见。

机器吐出10张20美元的新票之后,艾玛那大眼睛的儿子说："再来一次,妈妈! 没人看见!"

168. 男孩更好

约翰前不久有了一个小妹妹,但他却闷闷不乐。

幼儿园阿姨问他:"难道你不喜欢刚生下来的小妹妹吗?"

约翰说:"她倒是挺惹人喜欢。可是我想她要是个男孩更好,因为威廉不久前有了个妹妹,他肯定以为我是在学他的样子呢!"

169. 答复

父亲要出远门,临走前对傻儿子说:"如果有人来问'令尊在家吗?'你就回答'他因事出门了',你要是记不住,就看看这张条子。"

父亲走了三天无人来访,儿子就把纸条随手扔了。

第四天,有客临门问:"令尊在家吗?"

儿子在怀里找了半天,找不到父亲留下的条子,自言自语道:"没了。"

客人吃了一惊,忙问道:"怎么没了?"

儿子道:"昨晚被我扔了!"

170. 反问

米勒先生的电话铃响起,他去接听。

一个小孩的声音在电话的另一头问:"你的号码是不是694136?"

"不是。"米勒先生回答。

"那你为什么拿起电话听筒?"孩子问。

171. 绅士派头

妈妈带着7岁的狄克和他5岁的妹妹凯瑟琳去阿姨家玩。

下午四点半,阿姨把狄克叫到厨房,给他一把餐刀和一个烘得很好的蛋糕:"拿着,切一半给你的妹妹。记住,得做得像个绅士!"

"像个绅士?"狄克问道,"绅士是怎么做的?"

"他们总是把大的一半给别人。"阿姨回答。

"噢,"狄克想了一会,把蛋糕端到妹妹跟前,"凯瑟琳,把蛋糕切成两半。"

172. 孩子与大人

一个5岁的男孩自己在马戏院聚精会神地看晚会演出节目,身旁坐着的一位中年妇女问他:"孩子,你这么小,怎么就一个人来马戏院呢?是你自己买的票吗?"

"不是，"小孩回答说，"是爸爸给买的。"

"那你爸爸在哪呢？"

"他正在家里找票呢！"

173. 借书

小女孩羞怯地请图书馆员介绍一本有趣的书，馆员给了她一本《怎样玩杂耍》，她捧着书很高兴地走了。

第二天，她回来说要换一本。

"你现在想要什么书？"馆员问她。

"你们有教人修补破碟子的书吗？"她问。

174. 不敢吻

早晨，一位年轻女家庭教师来到主人家。

母亲对小儿子说："托穆，愣着干什么？还不去吻吻你的老师。"

小儿子随即回答道："妈妈，我可不敢。昨天，爸爸去吻她，让她狠狠地打了一个耳光。"

175. 机灵鬼

妈妈带儿子去市场买东西时碰见一个卖樱桃的熟人，熟人让小孩抓一把樱桃，小孩犹豫了一下，没有动手。

"你不爱吃樱桃吗?"熟人问。

"爱吃。"小孩答道。于是,熟人抓了一把樱桃塞进小孩的衣兜里。

回家的路上,妈妈问儿子:"刚才叔叔让你拿樱桃时,你为什么不拿?"

"因为叔叔的手比我的手大。"小孩答道。

176. 谁懂得多

一天,小男孩问爸爸:"做爸爸的总比儿子知道得多吗?"

爸爸回答:"当然啦!"

小男孩问:"电灯是谁发明的?"

爸爸回答:"爱迪生。"

小男孩又问:"那爱迪生的爸爸怎么没有发明电灯?"

177. 挨了两次打

下班回家,儿子跑到妈妈跟前,哭肿着眼睛说:"今天爸爸打了我两次。"

妈妈问:"他为什么打你?"

儿子委屈地说:"第一次是因为我让他看了写满'2分'的记分册,第二次是因为他发现这是他自己小时候的。"

178. 离题

父亲在报纸上看到一则作文比赛的广告,问:"孩子,我替你写的那篇作文,评上优秀没有?"

儿子回答:"没有,老师说写得离题了。"

父亲不信,忙说:"不会吧,作文题目不是《我的爸爸》吗?"

儿子说:"是啊,可您写的是我爷爷呀!"

179. 民意测验

伊莉莎白的儿子假期结束回布朗大学时刚刚开始蓄胡子。几星期后的一次电话中,伊莉莎白问起他的胡子。

"嗯……,我现在无法决定是留着还是刮掉,"儿子说,"我问过30个人是否更喜欢我这样,结果有一半人觉得更好,另一半人说不如以前。"

"我敢打赌,男孩子们说留着,而女孩子们说刮掉。"伊莉莎白这样猜道。

"妈妈,"儿子轻声说,"我问的只是女孩子。"

180. 讲故事

晚上,爸爸正哄儿子睡觉。

爸爸说:"小明,我来给你讲个故事,在春秋时代……"

"慢!"儿子打断了爸爸的话,"到底是春,还是秋?"

爸爸接着说："有几个诸侯……"

"再慢，"儿子又打断了爸爸的话，"到底是猪，还是猴？爸爸，您讲故事老是交代不清楚。"

181. 把我累坏

小明放学回家，对妈妈说："我们张老师请假了，听说她要生孩子。"

妈妈说："生个小宝宝，真好。"

小明忙问："妈妈，我在你肚子里时，你请假了没有？"

妈妈说："没有，生你那天上午，我还上了两节课呢。"

小明一本正经地说："哟，那你可把我给累坏了！"

182. 小锄头

妈妈教小刚学写"7"字。妈妈说："'7'字像个小锄头，记住了吗？"

小刚点点头，一会儿便写了几行给妈妈看，妈妈一瞧，上面写的都是"L"。妈妈说："写错了。"

小刚理直气壮地说："小锄头也可以这样放的嘛！"

183. 还想吃蛋糕

一个小同学从学校带了个"黑眼圈"回家，妈妈忙问怎么回事。

小孩答道："我跟小王打了一架。"

妈妈劝孩子说："打架不好,明天你带块蛋糕给小王,向他道歉。"

第二天放学后,小孩又带了个更大的"黑眼圈"回来。

"天啊,这是谁干的好事?"妈妈大惊失色地叫道。

儿子答道："小王干的,他还想吃蛋糕。"

184. 自尊心受损

刚满5岁的外甥女一天兴冲冲地跑来对尼克说："大舅,我们幼稚园有三大美女,你知道她们是谁吗?"

"不知道,我认识的吗?"尼克问。

"哼!"她很不满,刚才的热情全没了。

尼克马上明白原因,说："那么另外两人是谁呢?"

185. 滤咖啡

妈妈将小贝利一人留在家里,自己外出访友。

回家后,她发现小贝利已喝过咖啡,并且是自己煮的。妈妈问："你从哪儿找到的过滤器?"

小贝利说："我没用过滤器,妈妈,我用的是苍蝇拍。"

妈妈一听,几乎要昏过去。小贝利急忙解释："别着急,妈妈,我用的是旧苍蝇拍。"

186. 有损威信

一位航天工程师从基地回家后,决定带儿子去看一场电影。

可是父子俩在街上走了很久也没有找到电影院。为了表达歉意,他给儿子买了一份冰激凌。

儿子吃完冰激凌后,对父亲说:"爸爸,幸好宇航员不知道这样的丑闻,你连地球上的路都搞不清楚。"

187. 一切正常

一对年轻夫妇有个儿子,已经 4 岁了,还没有开口说话,他们对此深感焦虑。

他们带他去找专家诊治,但医生们总觉得他没有毛病。

后来,有一天早上吃早餐时,那孩子突然开口了:"妈妈,面包烤焦了。"

"你说话了!你说话了!"母亲叫了起来,"我太高兴了!但为什么花了这么长的时间呢?"

"哦,在这之前,"那男孩说,"一切都很正常!"

188. 出名

一位父亲正在查看儿子的学习成绩。

他越看越气愤："语文2分,数学3分,你还高兴?"

儿子笑着说:"爸爸,这下您可出名了,我的各科老师都想见您。"

189. 要说什么

有一天,阿明买了三瓶果汁回家。

在路上,他遇到了小亮的妈妈和小亮,于是阿明拿了一罐果汁给小亮。

小亮的妈妈说:"哥哥给你果汁,你该说什么?"

小亮看了看果汁,然后说:"吸管呢?"

190. 淘气的孩子

一天,儿子疑惑地问父亲:"您有几个名字?"

父亲说:"我只有一个名字呀!"

儿子显然不信,噘起小嘴生气地说:"不要骗我,您不是还叫淘气吗?"

父亲觉得莫名其妙,问:"淘气?谁说的?"

儿子振振有词道:"今天上课时,王老师就在全班同学面前说我是淘气的孩子!"

191. 弹钢琴

马丽家里新添了一架白色钢琴,儿子愣愣地盯着钢琴,回头问:"我能弹会儿钢琴吗,妈妈?"

马丽说:"可以,但你得去洗洗手。"儿子连忙说:"这没关系,我弹黑键好了。"

192. 都是猪

一次,文文的妹妹来文文家玩,列举了所有家人的属相,文文的小女儿一直在旁静听。

几天后,文文带小女儿参加朋友婚礼,有人提出请她表演节目。

一会儿,主婚人站在麦克风前宣布:"下面有请我们的小百灵表演节目,大家掌声欢迎。"

"叫你呢!"文文提醒一脸茫然的小女儿,她半信半疑地走上前去。

"叔叔你是叫我吗?"

"是啊!"主婚人笑嘻嘻地回答。

"可我不是小百灵,"小女儿细声细气地辩解,"小姨说,我和她,还有明明表哥都是猪。"

193. 怎么没哭

一天,珍妮见到孩子的手后,吃惊地问:"乖乖,你的手指怎么包起来了?"

孩子没有哭,很勇敢地说:"不留神,被锤子砸伤了。"

珍妮问:"怎么没听到你哭?"

孩子诚实地回答:"妈妈,我以为你不在家。"

194. 戴口罩

医院里,一个病孩正在问她的妈妈:"发药的护士阿姨为什么要戴口罩?"

妈妈笑笑,回答:"给你的药很好吃,院长怕被她们偷吃了。"

病孩偷偷地问:"那么给那些拿刀的医生都戴口罩,是怕他们聚餐吧?"

195. 不懂就问

妈妈看着孩子的考试卷,生气地说:"跟你说过多少次,不懂应该问老师。"

孩子委屈地说:"我问过了,老师不肯说。"

妈妈问:"什么时候?"

孩子回答说:"就在昨天考试时。"

196. 搬钟

汤姆家有一只大古钟,一次搬家,他生怕在搬运途中钟被损坏,便亲自搬它。

这时来了个小男孩,盯着汤姆看了许久,说:"我看你真的十分愚蠢,为什么不像别人一样买只手表戴呢?"

197. 伤心的理由

小学开学了,刚满 7 岁的东东不愿到学校去。

妈妈对东东解释,法律规定小朋友年满 7 岁就要到学校上学,一直上到 15 岁。

最后东东终于在学校的课桌前坐下来,眼里含着泪对妈妈不舍地说:"到我 15 岁的时候,你会记得来接我吗?"

198. 女儿点歌

广播里,一个 8 岁的小女孩正给她妈妈点歌。

她娇滴滴地对着话筒说:"妈妈很辛苦,星期天也不休息,到书店买好多习题集给我做。"

主持人听了,感动地说:"多懂事的孩子啊,请问你想为你的妈妈点哪首歌?"

小女孩用稚嫩的声音说:"我想点辛晓琪的《女人何苦为难女人》……"

199. 世界末日

牧师在描述"世界末日"的时候，喊道："那时候会打雷闪电，火焰从天而降，海水涨溢，洪水泛滥，地裂山崩。"

正当他说得口沫横飞、眼睛闪闪发光时，一个小孩问道："那时学校会放假吗？"

200. 诱导

儿子拿着一堆他创作的稿子，问："爸，我的这篇稿子往哪里投？"

父亲毫不考虑地说："往钱多的地方投。"

儿子问："中国人民银行，行吗？"

201. 应答如流

母亲开生日宴会，客厅里满堂宾客。

小汤姆从后屋跑入厅堂，来到母亲面前，一本正经地问："妈，我们家的鹦鹉是公的还是母的？"

"母的。"母亲不假思索地回答。

"你怎么知道？"小汤姆问。

贵客们鸦雀无声，都想听听这位母亲怎样回答孩子的问题。

只见汤姆的母亲慢条斯理地对小汤姆说："你没看见它嘴上涂着口红吗？"

202.男孩的脑袋

一个男孩向他母亲哭诉说:"所有的孩子都取笑我,说我长着个大脑袋……"

母亲安慰道:"别听他们的,你的脑袋小巧玲珑,很好看。好了,别哭了,陪我上街买十磅西红柿吧。"

"好吧,购物袋放哪儿了?"

"哦,就用你的帽子吧。"

203.进入角色

10岁的孙子、9岁的外孙、8岁的外孙女正在专心致志地看一个古装电视连续剧。

家里人问他们,看后都有些什么感想。

孙子抢着回答:"我长大要当皇帝,当皇帝只要学会说'平身'两个字就行了。"

外孙说:"我当大臣。大臣更好当了,只用讲一个'喳'字就足够了。"

外孙女说:"我当公主。一个字也不用说,就有人给我梳头、洗脚、穿衣服……"

204.老师哭了

一个6岁的男孩被宠得不成体统,邻居们对他十分厌恶,孩子的父母则把他看作掌上明珠。

儿子上学的第一天,母亲到街口等他回来。

"学校很好吧。"母亲问,"你哭了吗?"

"哭?"儿子不以为意,"不,我没有,倒是老师哭了。"

205. 马医生的女儿

一位出名的内科大夫有个小女儿,凡遇别人问她是什么人,她总说自己是"马医生的女儿"。

母亲加以纠正,理由是这样说叫人觉得势利。她对女儿说:"从今以后,只说你自己是马小妹就行了。"

过了几天,医生的一位同事碰到她:"你不是马医生的小女儿吗?"

小女孩说:"我以为是,但妈妈说不是……"

206. 通风

小丁和小强见面聊了起来。

"你舅舅找到工作了吗?"小丁问。

"找到了,到昨天为止,他在一艘潜艇里当厨师。"小强说。

"可是为什么说是到昨天为止呢?"小丁问。

"啊……"小强顿了顿回答,"他当时在炸洋葱,于是就打开了窗户通风……"

207. 手绢

在一辆非常拥挤的车上，一个小男孩不停地吸着鼻涕，吸得站在他对面的一个女人实在受不了了。

她好心地问道："你有手绢吗，孩子？"

"有又怎么样？"小男孩生气地冲她喊道，"我不借给你！"

208. 不得而知

母亲看见女儿的衣服和脸都十分脏，气愤地教训女儿："你什么时候看过我像你那样不爱干净，衣服和脸都那么脏！"

女儿对答说："我怎么能看得见您小时候呢？"

209. 认字

菁菁两岁时，妈妈就开始教她认字。

妈妈指着"口"字的卡片告诉菁菁："这字念'口'，是嘴巴的意思，你看它多像一个小嘴巴呀。"

妈妈接着又说："口里加一横是日字，日就是太阳。"

隔了两天，妈妈又拿出"口"字的卡片问菁菁："这是什么字，记得吗？"

菁菁歪了歪头，说："记得，是小嘴巴。"

妈妈纠正说："是小嘴巴的意思，但是读'口'。"接着问，"口里面加一横呢？"

菁菁紧皱着眉头想了一会,忽然很有把握地说:"是牙。"

210. 童趣

小虎刚升幼儿园大班,学了阿拉伯数字后,就常常在小黑板前涂写。

爸爸见了很高兴,问:"小虎,'爸爸、舅舅'这几个字会写吗?"

小虎用手指抵着下巴想了想,然后在黑板上歪歪斜斜地写下"88,99"。

211. 叮了一口

小男生甲:我哥哥昨天被一只蚊子叮到了,整个手指都肿起来了!

小男生乙:那有啥稀奇!我叔叔上个月被虎头蜂叮到,整只脚都肿起来了!

小男生丙:我姐姐才厉害呢,不知道是被啥叮到,她整个肚子都肿起来了!

212. 亲自体验

5岁的小强哭着找妈妈,因为他的小妹妹扯了他的头发。

妈妈对他说:"别生气,你妹妹不知道拉你的头发会痛呀!"

小强想了想，回到屋里去了。

过了一会儿，屋里又传出了哭声，这次是妹妹的。

只见小强蹦蹦跳跳地从屋里走出来，对妈妈说："现在她知道了。"

213. 责任

有一个6岁的男孩和一个5岁的女孩一起玩，男孩亲了女孩一下。

女孩就学着电视剧里的话，说："你亲了我就要对我负责。"

男孩一听，也不含糊，马上回答："我会对你负责的，我们已经不是3岁的小孩了。"

214. 失误

6岁的儿子近来厌食，无论妈妈如何哄，他就是不肯吃饭。

爸爸想吓唬他一下，便抓起电话筒假装"报案"："你好，请问是公安局吗？这里有一个小朋友不肯吃饭，你们快来把他带走吧。"

儿子瞪大眼睛，认真地说："爸爸，你还没有拨号呢！"

215. 谁的官大

儿子：爸爸，你和妈妈谁的官大？

父亲:傻孩子,当然是爸爸的官大啦!爸爸在乡下可是个镇长,你妈虽在县城,可只是个秘书而已。

儿子:可是爸爸每次都是自己开着摩托车回家,而妈妈连晚上出去玩都有叔叔开小车来接!

216. 水蜜桃

有一天,5岁的小海伦望着姑姑的脸说:"姑姑,你的脸好像水蜜桃哟!"

姑姑高兴地抱着她左亲右亲,并问:"哪里像?"

小侄女天真地回答:"上面都有细细的毛。"

217. 理由

儿子:爸爸,今天我不想上学。

爸爸:怎么啦?

儿子:上周学校的农场死了只鸡,第二天中午饭就吃"红烧鸡块";三天前农场死了头猪,第二天中午就吃'红烧猪肉'……

爸爸:那又怎么啦?

儿子:昨天我们的英语老师去世了……

218. 妈妈未教

一个小孩子迷了路,便去问路边的警察。警察问:"孩子,你家住在哪儿呢？"

孩子说道："我妈妈只教我迷了路，就去问警察，可她没告诉我住在哪里。"

219. 成绩通知单

儿子的学校现在实行 5 分制，5 分就是满分。

这天回家，儿子对妈妈说："昨天小强把成绩单上的分数'1'改成了'5'，被他妈妈发现后狠打了一顿。"

妈妈说："改分数太不对了，你不会那样做的，对吧？"

儿子说："当然，我才不那么蠢呢！我只改成了'4'。"

220. 站哪边

这天，李太太对邻居数落丈夫的不是，正说在兴头上，儿子小明放学回来了。

李太太想借坡下驴，于是就问道："如果爸爸妈妈吵架了，你会站在哪一边？"

小明想了想，说："站旁边。"

221. 谁先谁后

饭桌上，父子俩争执起来。儿子问："为什么只说儿子像爸爸，不说爸爸像儿子？"

爸爸说："我问你,你说先有爸爸还是先有儿子?"

"当然是先有儿子,后有爸爸啦,"儿子理直气壮地说,"在妈妈生了我之后,你才成了爸爸的!"

222.不影响

6 岁的丁丁在书房里蹦来蹦去的,搅得一旁看书的爸爸皱起了眉头。

妈妈过来拉住丁丁说:"乖,到外面玩去,爸爸在这里看书呢!"

丁丁侧过头,看看妈妈说:"不嘛,爸爸在这里看书又不影响我玩!"

223.速效减肥

妻子与邻家大姐探讨速效减肥的方法。

4 岁的女儿在一旁听到了,回家抄起剪刀跑过去,一本正经地对她妈妈说:"妈妈,妈妈,我给你剪!"

224.有话要说

父亲要打儿子屁股,儿子连呼带喊:"老爸——你听我说呀!"

父亲怒气冲冲地说:"你把邻居的花盆打碎了,把邻居的孩子惹哭了,现在你该挨揍了,你还有什么话可说?"

儿子的哭声更响了:"我要说的是——老爸,你打轻点!"

225.听不懂

爸爸告诫刚读小学的女儿说:"你要经常听听英语磁带,这样能帮助自己提高英语水平。"

女儿摇摇头说:"可是那些带子我根本听不懂呀!"

爸爸急了:"那是你听得太少,多听几遍自然就能听懂了。"

女儿嘴一噘:"我每天都听咱家小狗叫,怎么到现在也没听懂它在叫什么?"

226.天才儿子

儿子麦克今年3岁,已懂得从1数到10,也知道5比1大,父亲也随时找机会教他。

有一次,父亲左手拿一块巧克力,右手拿两块巧克力,问他:"哪一边比较多?"

麦克不回答,父亲耐心地继续启发,麦克突然放声大哭,说:"两边都很少啊!"

227.小冬瓜

一个又矮又胖的男生,别人都叫他"冬瓜"。

有一天,他和新认识的女朋友聊天,女朋友问:"你小时候别人也叫你'冬瓜'吗?"

男生立刻回答道:"当然不是,小时候他们都叫我'小冬瓜'。"

228. 电报是什么

一天,小王和妻子聊起当年两人恋爱的时候,小王每周都给妻子寄情书,后来嫌寄信太慢,又改发电报。

儿子在一边听到了,插嘴问道:"你们老说电报电报,这电报是什么东西呀?"

小王笑着答道:"现在很少有人用电报了,发电报得到邮局,把要说的话写在纸上,字数不能太多,一般都是几个、十几个字,写好后交给工作人员,他们用无线电的方式发给对方,这就是电报,明白了吗?"

儿子点着头说:"我还以为电报多神秘呢,不就是让邮局代发一条短信嘛!"

229. 虚心好学

小胖对爸爸说:"我们新来的老师真是虚心好学。"

爸爸问:"你怎么知道的?"

小胖说:"他在我的作业本上画了好多问号!"

230. 哈佛的

　　5岁的儿子是个小人精,各种知识懂得不少。一天,表哥、表姐来家里玩。

　　儿子指着表哥说:"表哥是哈日的。"然后又指指表姐说,"表姐是哈韩的。"

　　妈妈逗他说:"那你说说看,奶奶是哈什么的?"

　　儿子瞅了瞅在佛龛前敬香的奶奶说:"奶奶吗? 奶奶是哈佛的。"

231. 漂亮妈妈

　　放学回家,一对双胞胎兄弟兴奋地告诉母亲:"妈妈,今天我们全班同学要选一位最美丽的妈妈,结果你当选了。"

　　母亲很高兴,问怎么会当选的。

　　双胞胎兄弟说:"同学们都投自己妈妈的票,我们有两票,所以你当选了!"

232. 实话实说

　　丈夫拿到年终奖只上交了3000元,妻子怀疑他留私房钱,吃晚饭的时候就问他,可是丈夫不承认。

　　5岁的儿子一听,把妈妈拉到一边,悄悄说:"我有办法!"

　　妈妈笑着问:"你能有什么办法?"

儿子得意地回答:"让爸爸到电视台去参加《实话实说》不就行了!"

233. 迷信

妈妈问小明:"你觉得你的老师怎么样?"

"在我看来,他是个很迷信的人。"

"为什么?"

"我每次回答问题后,他总仰着脸叹口气说:'唉,我的上帝呀! 这可怎么办呢?'"

234. 小犬非犬

母亲对顽皮的孩子说:"你再闹,我就把你关到狗棚里去了。"

孩子想了想,说:"可以的,妈妈。不过贼来的时候,我是不叫的。"

235. 锯盒子

为了培养儿子的艺术修养,这天,爸爸带他到音乐厅欣赏小提琴演奏会。

一个小时过去了,台上的演奏者依然在不停地演奏……最后,儿子实在忍不住了,大声问道:"爸爸,他要到什么时候才能把那个盒子锯开?"

236. 力气最大

儿子放学回家,向爸爸汇报说:"我们老师今天表扬我了。"

爸爸问:"是吗? 表扬你啥啊?"

儿子说:"老师说我的力气在班上最大。"

"为啥?"

"老师说我拖了全班的后腿!"

237. 与众相同

这天,4 岁的小民从幼儿园哭着回来,妈妈问出了什么事,小民回答:"同学们都笑我长着两颗门牙。"

妈妈松了一口气,安慰儿子:"没关系,再过几天,整排牙齿就会长出来了。"

没想到,小民更急了:"不要嘛,我不要!"

妈妈纳闷了:"为什么呀,那你要什么?"

小民说:"我要拔掉一颗牙,和同学们一样只有一颗门牙。"

238. 启蒙教育

幼儿园的老师对小朋友进行启蒙教育,她拿出一张中国地图,问:"哪位小朋友能告诉我这是什么?"

只听有人答道："天气预报。"

老师又把一张天安门广场的大照片挂起,问:"这是什么?"

所有小朋友都答:"新闻联播!"

239. 巧克力

邻居家的小月月非常喜欢吃巧克力,有一次叔叔问她:"月月,如果你买彩票中了 5 元钱,想买什么呢?"

"巧克力。"

"如果是中了 50 元,想买什么呢?"

"很多的巧克力。"

叔叔又问:"如果是中了特等奖 500 万呢?"

小月月不假思索地回答:"把做巧克力的机器也买回来。"

240. 悄悄话

小杰向妈妈要钱:"妈妈,给我 20 块钱。"

妈妈说:"没有。"

小杰抱住妈妈,对着她的耳朵说:"如果你给我钱,我就告诉你,昨天晚上你不在的时候,爸爸对女佣说了些什么。"

妈妈掏出 20 块给小杰,说:"好的,给你。宝贝儿,快告诉我他说了什么?"

小杰说:"爸爸对女佣说:'麻烦你帮我把这件衬衫熨

一下。'"

241. 孵出来的

贝贝问妈妈:"妈妈,小鸡是从蛋壳里孵出来的,那我是从哪里孵出来的呢?"

妈妈笑着回答:"贝贝是从妈妈肚子里出来的,只有身上有很多毛的动物才是从蛋壳里孵出来的。"

晚上,爸爸洗完澡从浴室里走出来,贝贝看到爸爸胸前和腿上的汗毛,小心地问:"爸爸,是不是奶奶把你从蛋壳里孵出来的?"

242. 交警的训话

幼儿园上表演课,小强扮演"交警",其他孩子则扮演违规的"市民"。

一个孩子"开车"过来,小强训斥道:"兔子,看你眼睛红的,还酒后驾车?"

就在这时,一个男孩跑过来,小强拦住他说:"螃蟹,又横穿马路啦?"

接着小强又指一个女同学,说:"袋鼠,以后不许骑车带小孩!"

这时,许多同学都笑了。

"不准笑！"小强板着脸继续说，"乌龟，谁让你上快车道的？"

243. 谁的孩子

小明放学回家，兴冲冲地告诉爸爸："老师说，一个孩子吃河马的奶，一个月内体重增加20磅。"

爸爸厉声说："胡说八道，哪儿有这回事，是谁家的孩子？"

儿子诡秘地一笑，答道："河马的孩子。"

244. 童言

姐夫荣升部门经理，公司为他配了个年轻漂亮的女秘书。

姐姐听说后，满脸醋意地向姐夫求证。

姐夫轻描淡写地说："她什么都不懂，就像个洋娃娃似的。"

小外甥女听到了，陡生兴趣，忙跑过来问："爸爸，你让那个洋娃娃躺下时，她会不会闭上眼睛？"

245. 说谎

珍妮到朋友家做客，朋友不满10岁的儿子看着她说："这个阿姨真难看。"珍妮听了很不高兴，屋里的气氛一时尴尬起来。

朋友连忙让儿子认错，儿子想了想，说："阿姨，其实你还是蛮漂亮的。"

珍妮还没来得及开口,朋友却教训起儿子来:"杰克,我只是让你认错,可并没让你说谎啊!"

246. 爱听的话

家里要来客人,母亲再三叮嘱贝贝:"等会儿叔叔阿姨来了,你可要拣大伙爱听的话说呀!"贝贝听了,连连点头。

客人刚进家门,贝贝就连蹦带跳地嚷道:"下课,今天不布置家庭作业,明天去公园!"

247. 原因

毛毛经过一段时间对冰箱的观察后,得意地告诉母亲:"妈妈,我知道冰箱为什么耗电那么厉害了……"

"哦,你说说看。"

"因为冰箱里的一只灯一直开着,不信,你打开看看。"

248. 找气球

里卡问:"您用这个望远镜,能看到天上所有的星星吗?"

天文学家回答说:"是的,我的孩子。"

"比星星更大的东西也能看到吗?"

"那当然!"

"今天早晨我丢失了一个气球,请您帮我找一下吧!"

249. 漂亮的糕饼

阿明到姐姐家做客,发现小外甥正在帮姐姐烤糕饼,烤完后,姐姐又让他往糕饼上抹奶油。

一会儿,小外甥将抹好奶油的糕饼拿过来让阿明尝尝,阿明看了,夸赞道:"糕饼做得好看极了,你用什么办法将奶油抹得这么光滑?"

小外甥自豪地回答:"我舔的!"

250. 怎么认识的

这天晚上,爸爸正在陪5岁的女儿下五子棋,电话铃响了。

爸爸抓起话筒一听,是好朋友老侯打来的,于是问候了一声:"侯哥你好!"就和他热火朝天地聊了起来。

这时,女儿从沙发上一蹦而起,像阵旋风似的跑过来,站在爸爸的对面,用充满崇敬的目光盯着她爸爸,一言不发。

十多分钟后,爸爸和老侯聊完,放下电话问女儿:"你怎么了?为什么这样看着我?"

女儿非常神秘地四下看看,然后小声问:"爸爸,能不能告诉我,你和孙悟空是怎么认识的?"

251. 留学与留校

孩子在学校里惹了事,放学后被老师留下,家长去接他。

在回来的路上他们碰到一位熟人,这熟人问家长:"为什么今天接孩子晚了?"

家长说:"这小子留校了。"

熟人走后,孩子不高兴地说:"你就对人家说留学好了,干吗要说留校?"

252.十分向往

父亲给儿子定下的伙食标准是按考试成绩来划分的:80分吃米饭,70分吃馒头,60分吃面条,不及格的话,那就只能喝稀饭,如果想吃饺子,必须要考到90分以上。

期末时候,儿子的作文考试题目是《理想》。

儿子认真地想了想,写道:我这学期的理想就是能吃上饺子,但是我清楚地知道,以我常年吃馒头、偶尔还要喝稀饭的水平,离吃饺子的标准还差得很远。

253.妈妈最漂亮

周末聚会,同事带着她的女儿西西一起来了。小丫头活泼可爱,嘴挺甜,大家非常喜欢她。

同事小杨问她:"西西,这儿的阿姨谁最漂亮?"

"李阿姨最漂亮。"

小家伙的眼光果然不错,小李可是单位的一枝花。

"可是我妈妈更漂亮。"小家伙接着说道。

"为什么呢?"

"因为,因为……妈妈长得像我。"

254. 螺丝

7 岁的儿子看完《机械战警》以后,就把自己当成一个机器人了,连走路的样子也模仿机器人生硬的动作。

有一天,儿子拿着一颗掉下来的牙齿走到他爸爸跟前,说:"爸,你看我身上有一颗螺丝掉了。"

255. 莫名其妙

母亲对即将读书的儿子进行礼貌教育:"上学见到老师,要说'老师好';放学回到家,要说'爸爸、妈妈好'。"

"妈妈,"儿子使劲摸着小脑袋问,"那到底是老师好呢,还是爸爸妈妈好?"

256. 水回来了

一天,4 岁的玲玲问奶奶:"奶奶,为什么说嫁出去的姑娘是泼出去的水呢?"

奶奶想了想,说:"姑娘嫁出去以后,就像把一盆水泼出去一样,回不来了。"

星期天,玲玲的姑姑回娘家来了。

玲玲一见,赶紧跑回屋对奶奶喊:"奶奶!奶奶!你泼出去的水淌回来了!"

257. 先生的鼻子

一位掉了鼻子的先生被邀请到一户人家做客。

女主人事先告诫她的小女儿:"我要你注意的是——不许对这位先生的鼻子有任何议论。"

大家围坐在桌子前,气氛十分融洽。

小女儿偷偷地看了一下这位先生,最后她实在憋不住了,困惑地问:"妈妈,你不允许我谈论这位先生的鼻子,可他根本就没有鼻子呀!"

258. 三七开

儿子有病,父亲陪他去做手术。

毛病不大不小,假如全身麻醉,800 元;假如儿子配合,也可以局部麻醉,200 元。

父亲和儿子商量,用局部麻醉,省下的 600 元三七开,儿子答应了。

手术的准备工作在紧张地进行。突然,躺在手术台上的儿子大吵大嚷,要见爸爸。医生没有办法,只好破例允许父亲进来。

"爸,那三七开是我拿七成你拿三成,对吗?"儿子说。

259. 胆小的李老师

小学生金虎家隔壁住着李老师。

这天,金虎神秘兮兮地对爸爸说:"爸爸,你不知道吧,隔壁的李老师不敢姓李了。"

爸爸惊讶地问道:"你是怎么知道的?"

金虎悄悄回答道:"这是李老师自己说出来的。昨天早上,有人来找李老师,问他:'你就是大名鼎鼎的李先生吗?'然后我就听李老师对他说:'不敢,不敢!'"

260. 刚才是谁

妈妈把孩子们打发上床后,换上了一条旧睡裤和一件松松垮垮的上衣,开始给自己洗头。当听到孩子们的打闹声越来越响时,她越来越不耐烦起来。

最后她在头上胡乱缠了条毛巾,吼叫着冲进了孩子们的房间,严厉地训斥着,并命令他们躺回床上。

当她离开房间时,她听见她三岁的女儿颤抖着说:"刚才大喊大叫的那个凶女人是谁啊?"

261. 不用害怕

一个交通警察遇到一个迷路的小女孩,无论交警怎么询问,小女孩都不能说清她家的方位。

交警把手伸到小女孩的衣袋里,想看看能不能找到些线索。

这时,小女孩奶声奶气地说:"叔叔,你不用害怕,我没有带枪!"

262. 与上帝通话

一个小男孩看见电话修理工爬上电线杆,接上了测试设备,试着与测试台联系。

小男孩听了一会儿,冲进家大叫:"妈妈,快点出来,有一个人在电线杆上,给上帝打电话。"

妈妈问道:"你怎么知道?"

孩子说:"因为他老是在叫:喂!喂!喂!老天爷,那里出了什么事,没有人听见吗?"

263. 坦白

"妈妈,我刚刚把游泳池旁的椅子推倒了。"小明紧张地说。

"不要紧,把椅子扶起来就是了。"妈妈安慰道。

"可那椅子上坐着爷爷,他现在沉到水底下去了。"

264. 妈妈在洗澡

女儿在厨房洗碟子,电话铃响了,她拿起电话,只听电话里问:"你妈妈在家吗?"

女儿有礼貌地回答:"妈妈大概在浴室洗澡,请你稍等,让我证实一下。"

于是她伸手开大热水龙头,浴室里马上传来一声尖叫,女儿关上水龙头,肯定地说:"是的,妈妈在洗澡。"

265. 长大以后

刚刚又吵又闹,妈妈生气地说:"刚刚,你什么时候才听妈妈的话呢?"

刚刚说:"等我当爸爸了,就会像他那样听妈妈的话了。"

266. 换灯泡

家中的灯泡坏了,爸爸让儿子拿个方凳来,准备踩着上去换个新的。

儿子懒得动,不想拿凳子,说:"干脆你蹲在地上,我踩着你的肩头,把灯泡换上得了。"

爸爸答应了,于是儿子踩着爸爸的肩头,爸爸吃力地站起来,儿子伸手拿住旧灯泡,却半天一动也不动。

爸爸在下边坚持不住了,急忙对儿子说:"你干吗不赶紧拧下来?"

儿子十分委屈地说:"你在下边不转动,灯泡怎么拧得下来呢?"

267. 专业用语

老王和邻居挖了一口井,解决了水的问题。

谁知第二天老王到井边一看,井上多了一块木板,板上加了一把锁,还写着八个字:"版权所有,翻板必纠。"

老王一生气,就把井边水桶的底卸了下来,扔到了井里,又在桶上写了八个字:"如有类桶,纯属巧合。"

268. 长寿秘诀

在一个小山村里,有位老人在庆祝自己的百岁生日。

电视台的记者问他长寿的秘诀是什么。

老人说:"我恐怕得过三天才能告诉你。现在我正和两家广告公司谈判:一家建议我说是矿泉水,另一家则让我说是啤酒。"

269. 误导

老汉的儿子到南方去找工作,忘了带学历证书,于是打电话让老汉赶紧邮寄。

老汉来到邮局,问:"邮寄东西什么最快?"

"特快专递。"邮局职工还打了个比方,"比如你住在十层楼,从十楼走下来,这是普通邮寄;从十楼跳下来,这就是特快专递。"

老汉听完后狠狠地咬咬牙,坚决地说:"我要跳下去。"

270. 骑车不能带人

王老汉骑自行车带着老伴进城赶集,路过十字大街时被警察叫住了:"老大爷,骑车不能随便带人!"

王老汉不解地说"同志,我没随便带人呀,她是我老伴!"

"老伴也不行。"

"城里人还这么封建?在乡下,带年轻姑娘也没人拦着。"

271. 耳聋

汤姆怀疑他太太耳朵不灵了,准备考验一下她的听觉。

这天,他轻手轻脚地走到她身后十米的地方,说:"琼,你能听见我的声音吗?"太太没有回答。

于是他又走到她身后六米的地方,道:"琼,能听见我说话吗?"依然未见回答。

这时,汤姆再走向前三米,问:"现在能听见我吗?"

"听见了!"她回答,"我已经对你说了三遍了!"

272. 习惯

怀特先生记性不好,他总是忘记一些事情,比如借了东西忘了还给主人。

上个星期怀特决定做一张桌子,必须要砍一棵树,可是却忘了自己的斧头在哪儿,于是便向布莱克先生借了把斧头,用完后,就把斧头放进了自己的房间。

几天后,布莱克先生想修一修椅子,不得不拿回自己的斧头。他知道怀特先生总是忘记一些事情,但又不愿伤害他,他想了一会儿还是决定去见怀特先生。

他们谈了十来分钟,有好几次提到斧头,但怀特先生就是没有想起斧头的事。最后,布莱克先生无奈地说:"请把我的锯子也放到你的房间里吧。"

"为什么?"

"因为我习惯把我所有的工具都放在同一个地方。"

273. 能看多远

迈阿密州法院正在审理一桩盗窃案,被告律师问目击证人:"萨姆,你看见我的当事人盗窃了吗?"

萨姆说:"没错,我清清楚楚地看到他偷了人家的东西。"

律师又问:"萨姆,这事发生在夜间,你敢肯定看见我的当事人偷东西吗?"

"是的，"萨姆说，"我百分之二百看见他偷了东西。"

接着，律师进一步质问萨姆："萨姆，听好了，你都八十多岁了，视力肯定不如当年。问题是盗窃行为发生在夜里，请问，你究竟能看多远？"

萨姆立刻回答："夜里又怎样？夜里我能看见月亮，你说我能看多远？"

274. 老教材

一天，孙子正照着菜谱学做一道用猪肉做主料的菜，当厨师的爷爷叮嘱他说："记住，做这道菜千万别加水！"

孙子笑了："爷爷，你错啦，书上说，做这道菜就是要加水的！"

爷爷摆摆手："你懂什么！你用的菜谱是老教材，可现在屠宰场里早已把这肉里的水加足了！"

275. 浪子回头

刘老汉的儿子高中毕业后，整天待在家中，不是看电视就是听音乐，农忙季节也不帮父母下地耕种收割，气得刘老汉常常摇头叹息。

这天，家里来了不少年轻人，围在一起你一言我一语，谈得热火朝天。

刘老汉听了半晌,把老伴悄悄拉到一旁,轻轻说道:"我们儿子懂事了! 他重视农业和农产品加工了。"

老伴问:"你是怎么知道的?"

"我刚才偷听到了他们的谈话,这个说'玉米',那个讲'粉丝',可热乎着呢!"

276. 帮不好的忙

在邮局大厅内,一位老太太走到一个年轻人跟前,客气地说:"先生,请帮我在明信片上写上地址好吗?"

"当然可以。"年轻人按老人的要求写了。

"谢谢!"老太太说,"再帮我写上一小段话,可以吗?"

"好的!"年轻人照老太太的话写好后,问道,"还有什么需要帮忙的吗?"

"嗯,还有一件小事,"老太太看着明信片说,"请帮我在下面再加一句:字迹潦草,敬请原谅。"

277. 对比

儿子刚结婚,老太太把儿媳妇当客人一样待,每天早早地把饭菜做好。

小两口每次吃完饭,把嘴一抹就玩去了,收拾碗筷成了老太太的事,老头子看了心疼不已。

这天，老太太在厨房里手脚不停地忙，小两口却在房间里看电视等吃饭，老头子实在忍不下去了，他腰一叉，眼一瞪，吼道："臭小子，出来！"

儿子不知道出了什么事，赶紧跑出来问："爸，咋了？"

老头子气得胡子根根往上翘："你媳妇是媳妇，俺媳妇就不是媳妇了？"

儿子一听，"扑哧"乐了，立马就乖乖地到厨房帮忙去了。

278. 难题

儿子诡秘地对父亲说："我这次总算把爷爷给难住啦！我给他抄了首东西，他研究了两天都没弄明白。"

儿子不肯告诉父亲到底是什么东西把爷爷难成这样，父亲只好自己去问。

爷爷挺不好意思地把东西拿出来，父亲一看，忍不住"噗嗤"笑出了声。

原来那是儿子现在正在学习的汉字五笔输入法的字根速记口诀：王旁青头戋(兼)五一，土士二干十寸雨……

279. 考验女婿

一对老夫妇有三个女儿要出嫁。

丈母娘想考验一下女婿如何对待自己，于是，便邀请大女婿与她一起散步。

路过一座小桥时,丈母娘突然从桥上跳了下去,大女婿立即跳到水里救她。

第二天,房前停了一辆"夏利"车,挡风玻璃上贴着一张纸条,上面写道:"赠给亲爱的大女婿——岳母"。

接着,丈母娘想,应该考验一下二女婿了。她采取同样的做法,二女婿也跳到水里,把她救起来了。结果,二女婿得到了一辆"桑塔纳"车。

丈母娘又如法炮制,考验三女婿。

三女婿心里盘算:丈母娘已拿出了两辆汽车,不会再有钱了。于是他便没有去救,结果丈母娘被淹死了。

第二天,三女婿刚要出门,看到门前停着一辆崭新的"奔驰"车,挡风玻璃上写着:"赠给可爱的三女婿——岳父"。

280. 更委屈

一妙龄少女嫁给一个老富翁。

婚礼上,有人指着新娘的背影说:"真是委屈了姑娘,看那老新郎,年纪都快赶上她爷爷了。"

老富翁反驳道:"要说委屈,我比她更委屈,她爷爷只比我大5岁,可我还得叫他爷爷哩!"

281. 刷卡

公共汽车到了一个站后停下,这时上来一位漂亮的小姐,她穿着牛仔裤,上车后对着车上的 IC 卡机猛地扭了一下屁股,就径直朝座位走去,司机也没说话。

紧跟在她后面上车的是一位老太太,她也学着那位小姐的样子,对着 IC 卡机使劲扭了一下屁股,接着也想到前面找座位,不料被司机拦住了。

老太太生气了,说:"凭什么小姐扭一下屁股就不收钱,我老太婆扭了屁股还要收钱,这天下还有没有道理?"

车上的乘客全都笑了,司机乐呵呵地解释说:"她的 IC 卡放在屁股后面的兜里,刚才上车扭屁股时已经刷了卡,自动交了费;你没有带卡,当然要交钱啦!"

老太太这下总算明白了……

282. 如此面包

老周退休后,租门面开了一家面包店。由于赚钱心切,面包越做越小,生意也日渐冷淡。为了挽救局面,老周决定送货上门。

这天,老周敲响了一个客人的门。

"谁啊?"

"我,送面包的老周。"

"哦,老周啊,我现在正忙,你把面包从钥匙孔里塞进来吧!"

283. 念旧

丈夫说:"女人是喜新厌旧的动物。"

妻子马上反驳道:"谁说的,我们也很念旧的。"

丈夫问:"你怀念以前的什么东西?"

妻子说:"年龄!"

284. 周到的服务

老王应邀参加一个重要宴会,但走到宴会厅前,就被服务员拦住了:"您好,先生,您的领带松了,让我帮您系上吧。"

老王低头看看胸前,这不,领带的确是松了。

服务员接着对他说:"请您躺在旁边这个沙发上。"老王感到莫名其妙,不过,他还是顺从地躺到沙发上,让服务员给系好了领带。

"谢谢您,年轻人,"老王说,"不过我还是不明白,为什么必须躺在沙发上系领带?"

"因为我以前在火葬场工作。"服务员礼貌地答道。

285. 不怕麻烦

有个老太太来到邮局,取出了她储蓄的所有存款,过了一会,她又都重新存入。

营业员有点搞不懂了,就说:"取出来,又存进去,你就不怕麻烦?"

"你这是什么话,年轻人,"老太太生气地说,"这钞票是我的,我点点自己的钱难道还不行吗?"

286. 改口费

老子为了儿子的婚事,又是盖房子,又是送彩礼,赔进了所有家底,还借了不少外债。

这天是儿子结婚大喜的日子,老子想终于可以松口气了,可是接亲的队伍还没走,儿子又跑来说:"爸,女方又打电话来说要上轿费 800 元,离娘费 1800 元,还有改口费 8000 元。"

老子想了想,咬咬牙,跟儿子商量说:"中,先给上轿费和离娘费,改口费先缓缓,先不急改口叫爹,还接着叫叔叔吧。"

287. 无法睡觉

一位妇女要离婚,调解员问道:"你们是老夫老妻了,干吗还要离婚?"

"这个死老头子,老是喜欢在床上喝酒。"那妇女气愤地说。

"我看这又不是什么大事情,你管你自己睡觉好了。"

"睡觉?"那妇女更生气了,"他喝多了,把筷子插在我的鼻孔里,我还能睡呀?"

288. 原来是你

老刘在加班的时候丢了钱包,也不知是谁偷的,心里不痛快,上班时就和几个同事在楼道里发牢骚,一位同事劝道:"不就几十块钱吗?"

老刘一听就急了,说:"有五六百元呢!"这时,从旁边经过的清洁工生气地说:"胡说八道,翻了个底朝天也就十元钱!"

老刘和同事转过脸异口同声地喊道:"原来是你!"

289. 一忍再忍

有对老夫妻,一直很恩爱,有人向他们讨教和睦相处的秘诀。

丈夫想了想,笑着说:"我的秘诀是一个字——忍!"

话音刚落,妻子马上抢答:"我是四个字——一忍再忍!"

290. 教授与老公

杨教授长得很瘦,而且还驼背。

一天妻子买了很多补品回家,对杨教授说:"多吃些,我可不想你这样瘦死!"

杨教授最怕吃补品了,便对妻子说:"还是你自己补补吧,我没事,当'教授'时间久了,自然越教越'瘦'嘛。"

妻子不满地说:"哼,我明白了,你这个做'老公'的怪不得背老是这么'弓'!"

291. 送错了

富商问:"我那件破大衣到哪里去了?"

富商太太回答说:"噢,那件扔在大街上都没人拾的破大衣,昨天让我送给一个乞丐了。"

富商急了:"谁叫你送人的,等会我到税务局去穿什么啊?"